Soul Word

내 마음의 쉼표

소울 워드 Soul Word
내 마음의 쉼표

2011년 1월 15일 초판 인쇄
2011년 1월 20일 초판 발행
2011년 9월 23일 2쇄 발행
2012년 8월 10일 3쇄 발행

지은이 김옥림
디자인 강희연
펴낸이 임종관
펴낸곳 미래북
신고번호 제302-2003-000326호
주 소 서울특별시 용산구 효창동 5-421호
전 화 02-738-1227
팩 스 02-738-1228
이메일 miraebook@hotmail.com

ISBN 978-89-92289-34-4   13810

Soul Word

내 마음의 쉼표

김옥림 지음

미래북
miraebook

사랑과 행복, 아름다운 내일, 감사와 소망,

삶의 진정성과 가치에 대한 성찰을

맑은 서정과 간결한 문체로 써내려간

김옥림 시인의 수상록의 정수,

지금 사랑하고 지금 행복하라!!

마음을 풍요롭게 하고
가치 있는 삶을 사는 행복

기계도 계속해서 가동을 하려면 때로는 멈추게 하여 열을 식히고 기름을 쳐주어야 합니다. 그래야 다음날도, 또 그 다음날도 기능을 다하게 됩니다.

사람도 마찬가집니다.

치열한 경쟁 속에서 살다 보면 때때로 마음과 몸이 지칠 때가 있는데 그럴 때마다 마음과 몸을 풀어주어야 합니다. 그러지 않으면 병이 들게 되고 삶의 본질에서 벗어나 한번 뿐인 소중한 인생을 허무하게 보낼 수도 있습니다. 돈도 소중하고 명예도 소중하지만 생명처럼 소중한 것은 없습니다.

그런데 이런 평범한 진실을 잊고 코뿔소처럼 앞으로 나아가는 데에만 열을 올립니다. 타인을 넘어서기 위해 태클을 걸고 반칙을 하기도 합니다. 하지만 그렇게 해서 얻은 행복이 얼마나 가치가 있을까요. 물론 얼마간은 스스로를 대견하게 여기고 축배의 잔에 취하겠지요. 그러나 시간이 지날수록 자신이 취한 행동에 대해 허무를 느낄지도 모릅니다. 아니, 그런 경우를 많이 보았습니다.

왜 그런 일이 생기는 걸까요.

그것은 행복의 진정성에 이르지 못한 까닭입니다. 다시 말해 행복의 중심에 이르지 못하고 겉으로만 행복을 느끼기 때문입니다.

자신만을 위한 삶에서는 행복의 진정성을 느끼지 못합니다. 행복의 진정성은 타인과 소통하면서 내 사랑을 나누어 공유함으로써 성취하는 값지고 보람된 삶의 보석입니다.

"노는 시간을 가져라. 사랑하고 사랑받는 시간을 가져라. 남에게 주는 시간을 가져라. 그것은 영원한 젊음의 비밀이고, 하나님께서 주신 특권이다. 이기적이 되기에는 하루가 너무 짧다."

이는 인도 캘커타의 어린이집 표지판에 있는 글인데 행복의 진정성에 대해 함축적으로 설명해주고 있습니다.

이 글 어디에도 자신만을 위해 살라는 말은 없습니다.

노는 시간, 즉 마음의 여유를 갖고 사랑을 베풀며 살라는 것입니다. 왜냐하면 자신만을 위하는 이기적인 사람으로 살기에는 인생이 너무 짧다는 것이지요.

그렇습니다.

나이가 들어가면서 인생이 점점 짧다는 생각에 사로잡히게 됩니다. 시계바늘 지나가는 속도가 빠르게 느껴지고, 삶을 좀 더 즐기며 행복하게 살아야겠다는 생각이 듭니다.

가끔은 마음의 쉼표를 찍으며 살아야겠습니다.

쉼표가 없는 삶은 지금 당장은 신나고 좋을지 몰라도 시간이 지날수록 시들해 지리니 옆도 돌아보고 뒤도 살피면서 내가 가진 것을 나누어 행복을 공유하면서 살아야 하겠습니다.

사람은 누구나 자신의 삶을 조각하는 조각가입니다. 어떻게 조각하느냐 하는 것은 각자에게 달린 문제입니다. 멋지게 조각하느냐 아니냐 하는 것은 어떻게 생각하고, 어떻게 사느냐에 따라 결정되어지는 것입니다.

아무리 삶이 바쁘더라도 가끔은 마음의 쉼표를 찍으며 사십시오. 그래서 한번 뿐인 인생을 멋지게 디자인하고 조각하십시오.

이 책이 당신의 인생을 멋지게 조각하는데 작은 도움이 되기를 두 손 모아 소망합니다.

2011년 1월 맑고 고운 날

김옥림

|Part 02|

그래도 해라,
아름다운 내일을 위하여

|Part 03|

감사하라,
지금 그대가 이 자리에 있음을

사랑하십시오.
새벽바다를 차고 오르는 태양처럼
싱그럽고 풋풋한 맑은 공기처럼
때론 강하게 때론 상큼하게
미련 두지 말고 사랑하십시오.
그리고 지금 행복하십시오.

Part 01

행복하라,
하나뿐인 소중한 당신을 위하여

행복 지수

진정한 행복주의자는
큰일에서 행복을 느끼는 것이 아니라
작은 일에서 행복을 발견하는 사람입니다.
그래서 크고 좋은 것에서
행복을 찾으려고 하는 사람은
참다운 행복을 느낄 수 없습니다.
세상에는 크고 좋은 일보다는
작고 보편적인 일이 주류를 이루고 있고
그 속에서 살아가는 것이
보통사람들의 생활입니다.
자신이 행복하기를 원하거든
작은 일에서 기쁨을 발견하는
마음의 눈을 길러야 합니다.
작은 일에서 즐거움을 얻는 일에

익숙해질수록

행복지수는 높아지는 것입니다.

♣*

참된 행복을 느끼려면 작은 일에 감사해야 합니다.

작은 일에 감사하지 못하면 큰일에도 감사할 줄 모릅니다.

작은 일에서 즐거움을 얻고 작은 일에서 행복을 찾아야

진정한 인생의 기쁨을 누리게 된답니다.

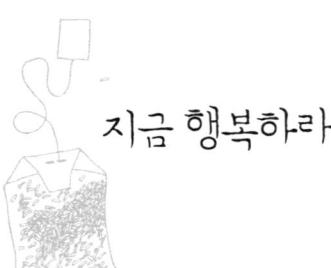

지금 행복하라

사랑하십시오.
당신의 빛나는 눈동자로 뜨거운 가슴으로
부드러운 말과 행동으로 당신이 사랑하는 사람을
사랑하고 사랑하십시오.
행복하십시오.
인생은 두 번 다시 오지 않습니다.
의지와 열정으로 당신이 이루고자 하는 일과
사랑하는 이에게 올인하십시오.
반드시 뜻을 이루어 행복한 인생이 되십시오.
사랑은 행복으로 가는 길이고,
행복은 그 사랑을 이어가는
인생의 빛줄기와 같은 것입니다.
아낌없이 사랑하고 사랑하십시오.

새벽바다를 차고 오르는 태양처럼
싱그럽고 풋풋한 맑은 공기처럼
때론 강하게 때론 상큼하게 때론 유유하게
미련두지 말고 사랑하십시오.
사랑하십시오.
그리고 지금 행복하십시오.

♣*

삶은 지금을 어떻게 사느냐가 중요합니다.
지금 사랑하고 지금 행복해야 내일의 푸른 소망을 품고
최선으로 자신을 사랑할 수 있기 때문이지요.
자신을 사랑하는 삶이야말로
가장 행복한 삶이고 가장 아름다운 인생이니까요.
자신을 사랑하는 삶 그 삶의 주연이 되십시오.

영원한 사랑을 꿈꾼다면

사랑은
두 사람을 하나가 되게 합니다.
그러나 사랑이 언제나 두 사람을 하나가
되게 하는 것은 아닙니다.
둘이 하나의 사랑이 되기 위해서는
서로를 배려하고 이해하고 보살펴주는
알뜰한 마음이 함께 해야 합니다.
또한 이해를 강요하거나
억지로 자기 안으로 끌어들이지 않아야 합니다.
영원한 사랑을 꿈꾼다면
마지막 남은 자존심마저 사랑하는 이를 위해
아낌없이 내주어야 합니다.
그리고 서로의 사랑이 식지 않도록
늘 뜨겁게 보듬어야 합니다.

변함없이 서로를 뜨겁게 보듬어 안는 사랑이
영원한 행복을 꿈꾸는 당신에게
최고의 희열을 선물할 것입니다.

♣*

혼자 하는 사랑은 아픕니다.

혼자 열망하고 기대하고 꿈꾸는 사랑은 쓸쓸하고 허망합니다.

사랑은 다른 둘이 하나가 되는 것입니다.

영원한 사랑을 원한다면

사랑하는 이에게 자신의 모든 걸 걸어야 합니다.

그것이 목숨이든, 사랑이든, 물질이든 그 무엇이라 할지라도

모든 걸 내어 줄 수 있어야 합니다.

행복한 사랑을 하라

행복한 사랑이 감동을 주는 것은
최선을 다하여 모든 것을 바치기 때문입니다.
사랑하는 사람의 축복을 받는 것처럼
성공적인 사랑은 없습니다.
삶은 희망을 포기하지 않는 자에게
기쁨으로 찾아오는 것.
자신의 전 생애를 걸고
어떤 상황에서도 포기하지 않는
불꽃같은 사랑을 해야 합니다.
존귀하지 않은 사랑은 행복한 사랑이 아닙니다.
자신의 사랑 앞에 언제나 푸르게 빛나는
귀중한 사랑이 되어야 합니다.
이런 사랑이야 말로 그 어떤 난관 속에서도
시들지 않는 행복이 됩니다.

♣*

가장 아름답고 성공적인 사랑은

언제나 변함없이 행복한 사랑을 하는 것입니다.

그러나 그런 사랑은 쉽게 오지 않습니다.

자신의 전 생애를 걸고 어떤 상황에서도

포기하지 않아야 합니다.

존귀하지 않은 사랑은 행복한 사랑이 아니니까요.

참사랑을 꿈꾼다면 당신은 그런 사랑을 하십시오.

늘 푸른 나무 같은 사랑

겸허한 몸짓으로 하늘을 받치고 선
늘 푸른 나무처럼 고요하지만
꿋꿋한 사랑을 해야 합니다.
모든 걸 다 내어 주고도 추하지 않고
성자와 같이 온유한 모습으로 우뚝 서 있는
늘 푸른 나무처럼
받는 것보다 주는 것을 행복으로 아는
사랑이야말로
자애로운 어머니와 같은 모습으로
자신의 피와 살을 내어주는 숭고한 사랑입니다.
삶을 움켜쥐려고만 한다고 해서
부유한 인생이 되지 않는 것처럼
사랑을 가슴에 담아둔다고 해서
경건하고 은혜로운 사랑이 되는 것은 아닙니다.

십만 불짜리 사랑을 원한다면 꼭 그만큼만,
백만 불짜리 사랑을 원한다면
꼭 그만큼만의 사랑을 주십시오.
나아가 그 이상의 사랑을 원한다면
반드시 그 이상만큼의 사랑을 주십시오.
자신이 주는 사랑만큼 되돌아오는 것이
사랑의 이치이며 순리입니다.
당신이 진정 만족한 사랑을 원한다면
늘 푸른 나무 같은 사랑을 해야 합니다.

♣*

누구나 늘 푸른 소나무 같은 변함없는 사랑을 원합니다.
하지만 그걸 알고도 하지 못하는 게 인간입니다.
이것이 인간의 맹점입니다. 이 맹점을 극복하는 사람만이
변함없는 사랑으로 기쁨을 누리며 살아가게 되지요.
그런데 또 인간의 맹점은 알고도 자신을 극복하지 못하는 것입니다.

사랑을 기다리는 당신에게

아무도 오지 않는 깊은 산중에
홀로 있어 본 적이 있는지요.
만약 깊은 산중에 홀로 있게 된다면
갑자기 닥친 상황으로 인해 깊은 두려움과
고독을 느끼게 될 것입니다.
사랑하는 이가 없는 세상은 마치
발 딛고 살아갈 지구가 사라진 것처럼
너무 외롭고 쓸쓸하고 적막해
숨이 막혀버릴 것입니다.
사랑이 스스로 찾아오길 기다리지 마십시오.
당신이 먼저 사랑을 찾아 떠나십시오.
일찍 일어나는 새가 신선한 먹이를 구하듯
당신을 기다리고 있을 누군가를 위해
망설이지 말고 찾아나서야 합니다.

그 누군가가 내 사랑이라고 느껴질 땐
그 사람을 꼭 붙잡으세요.
사랑이 찾아오길 기다리는 사람보다
먼저 찾아가는 사람에게 감동을 받게 됩니다.

♣*

사랑을 기다리는 자는 소극적인 사람입니다.
하지만 사랑을 먼저 찾아가는 자는 언제나 즐거운 사랑을 합니다.
사람은 누구나 적극적인 사람을 좋아하기 때문이지요.
즐거운 사랑, 행복한 사랑을 꿈꾼다면 당신이 먼저 손을 내미십시오.
사랑은 그런 자에게 꿈과 행복을 안겨준답니다.

사랑하는 사람은

사랑은
사랑하는 사람을 생각하는 것만으로도
기쁨이 되고 의미가 됩니다.
사랑하는 사람은
희망이며 불멸의 용기를 주는 존재입니다.
아무리 삶이 힘들고 고통스러워도
씩씩하게 걸어갈 수 있는 것은
사랑하는 사람이 곁에 있기 때문입니다.
사랑하는 사람은
언제나 보라빛 소망입니다.
당신이 고단한 길 위에서 방황할 땐
사랑하는 이를 생각하십시오.
사랑하는 이를 생각하는 것만으로도
움츠러들었던 마음에 힘이 솟습니다.

사랑하는 사람은

당신의 인생에 유쾌한 사랑의 꽃이며

찬란하게 빛나는 꿈이며

당신이 살아야 하는 존재의 이유입니다.

♣*

사랑하는 사람은 언제나 보라빛 소망입니다.

사랑하는 사람에겐 꿈을 주는 에너지가 있고,

위기를 극복하게 하는 용기가 있고,

무엇보다 가장 중요한 것은 자신의 사랑에 대한 믿음이 있지요.

사랑하는 사람을 꼭 잡으십시오.

사랑하는 사람은 인생 최고의 멘토이자 꿈입니다.

사랑한다는 것은

사랑한다는 것은
모든 아픈 기억으로부터
자신을 지켜내는 것입니다.
사랑한다는 것은
모든 슬픈 기억으로부터
자신을 떨쳐버리는 것입니다.
사랑한다는 것은
두려움 없이 서로를 지켜주고
후회를 남기지 않는
삶을 살아가는 것입니다.
사랑한다는 것은
나는 네가 되고 너는 내가 되어
주어도주어도 모자라는 마음으로
행복한 내일을 살아가는 것입니다.

당신이 행복한 인생을 살고 싶다면
사랑하는 마음으로
모든 것들에게 의미가 되어주세요.
의미 있는 사랑은 언제나
당신을 사랑하게 하고 기쁨이게 합니다.

♣*

사랑한다는 것은 나는 네가 되고 너는 내가 되어

주어도 주어도 모자라는 마음으로 행복한 내일을 살아가는 것입니다.

이런 사랑으로 살아가는 삶이란 생각만으로도 가슴을 들뜨게 하고

행복하게 합니다.

서로에게 아낌없는 사랑, 그것이 최고의 사랑입니다.

신비한 묘약

사랑은 의외의 모습으로

우리 곁으로 다가옵니다.

사람의 힘으로 할 수 없을 것만 같은 일도

사랑하는 이의 격려가 함께 하면

모든 것이 부드럽게 이루어집니다.

사랑은 사람의 생각을 바꾸어 놓습니다.

나약한 사람도 강건하게 하고

불친절한 사람도 친절한 사람이 되게 합니다.

사랑은 신비한 묘약입니다.

사랑을 하고 사랑을 베풀수록

삶은 즐거워지며 행복을 온몸으로 느끼게 합니다.

사랑엔 그 어떤 공식도 뛰어넘는

절대적인 법칙이 있습니다.

사랑은 나누면 나눌수록 점점 커집니다.

사랑은 나누면 나눌수록 아름다워집니다.

사랑은 나눌수록 삶을 따듯하게 합니다.

사랑은 주면 줄수록 기쁨을 얻습니다.

사랑의 힘은 사랑에서 옵니다.

아낌없는 마음으로 사랑을 하는 사람이

세상을 좀 더 잘살 수 있는 사람입니다.

♣*

사랑엔 그 어떤 공식도 뛰어넘는 법칙이 있습니다.

사랑은 나눌수록 삶을 따듯하게 합니다.

사랑은 주면 줄수록 기쁨을 얻습니다.

사랑의 힘은 결국 사랑에서 오므로 살뜰하게 사랑을 해야 합니다.

사랑은 희망이다

사랑이 퇴락하고 있다고 말들 하지만
아직도 사랑만이
이 세상의 유효한 희망입니다.
이른 아침 산안개에 가려져도
푸른 숲은 시야에서 떠나지 않듯
사랑이 겨자씨만큼만이라도 남아있는 한
최악의 삶에도 희망은 있습니다.
어떻게 사랑이 소멸되어 간다고
말할 수 있을까요.
사랑에 대한 믿음을 저 버리지 않는 한
그 사랑은 우리를 버리지 않을 것입니다.
사랑만이 우리의 희망입니다.
사랑만이 우리의 미래입니다.
희망은 사랑이 함께 함으로써 더욱

우리에게 가깝게 다가오는 것입니다.
그 어떤 상황에서도 결코 좌절하지 마십시오.
좌절하는 순간 모든 것은 사라지고 맙니다.
그러나 당신이 좌절하지 않는 한
사랑은 당신에게 희망이 되어줄 것입니다.

*

아무리 힘들고 어려운 일도 극복할 수 있는 것은
사랑이 함께 하기 때문입니다.
사랑은 용기를 잃은 자에겐 용기를, 꿈을 잃고 방황하는 자에게는 꿈을
주는 희망의 씨앗입니다.
사랑을 꼭 잡으세요. 사랑만이 우리의 희망입니다.

운명도 사랑 앞에선

운명도 사랑 앞에선
한낱 어리석은 장난에 불과합니다.
사랑은 그 모든 것을 가능하게 하는
열망의 에너지를 품고 있기 때문이지요.
운명도 사랑 앞에선
한갓 어눌한 몸짓에 불과합니다.
사랑은 안 된다고 믿는 마음까지도
살뜰하게 돌려놓기 때문이지요.
사랑이라는 존재 앞엔
그 어떤 허물도 용서가 되기에
아픔도 미천함도 극복할 수 있습니다.
사랑은 잘못된 운명도 뛰어넘어
세상을 아름답게 바라보게 하는
밝은 눈을 갖게 하지요.

당신의 마음이 그 무슨 이유로

갈피를 잡지 못하고 갈대처럼 흔들린다면

그것은 사랑하는 마음을 잃어버렸기 때문입니다.

사랑이 당신에게서 떠나가지 않게 하십시오.

언제나 당신 마음에서 밝게 빛나게 하십시오.

사랑의 불이 꺼지는 순간 더 이상

삶은 당신에게 위로의 손을 내밀지 않을 것입니다.

운명이 당신을 얕잡아 보지 않게

늘 마음을 다하고 뜻을 다하고 중심을 다하여

당신의 사랑을 지켜내십시오.

♣*

아무리 고달픈 운명도 열정적인 사랑만 있다면 충분히 이겨낼 수 있고,
인생의 승리자가 될 수 있습니다.

성공적인 인생을 살았던 많은 사람들이 그것을 증명해 보였으니까요. 그
어느 순간이든 그 사실을 잊지 마십시오.

생의 기쁨을 위하여

기쁨은
퐁퐁 솟아나는 신기한 샘물 같아
나누면 나눌수록 커지고,
슬픔은
함께 하면 할수록
덜어지고 얕아지는 신비한 강물 같아
함께 하면 할수록 작아집니다.
그리고 욕망은
키우면 키울수록
음습한 길을 걸어가는 것처럼
곤고하고 위태로워집니다.
기쁨과 슬픔과 욕망은 당신이 가는 곳마다
골목길 외등 같이 비키고 서서
당신을 바라볼 것입니다.

기쁨을 당신의 마음속에 가득 채우십시오.

슬픔은 당신의 마음속에서 지워버리십시오.

과열된 욕망을 당신의 가슴속에서

모두 지워버리십시오.

기쁨은 나누는 만큼 커지고

슬픔은 나누는 만큼 작아지고

욕망은 낮추면 나출수록

마음이 가벼워지는 것입니다.

♣*

기쁨으로 사는 것처럼 행복한 일은 없습니다.

하지만 저절로 오는 생의 기쁨은 없습니다. 생을 기쁨으로 맞고 싶다면 나의 기쁨을 나누어주는 당신이 되십시오. 당신이 나누어주는 기쁨으로 당신은 더 큰 기쁨을 얻게 될 것입니다.

안개 속의 사랑

사랑도 때론 안개 속을 가듯
막막할 때가 있습니다.
사랑을 고뇌없이 쉽게 이루려고 하는 건
사랑에 대한 모독입니다.
산 너머 산이 있고
바다를 지나 또 다른 바다에 이르듯
사랑도 삶의 골목에서 어쩔 수 없이
비탄에 빠져 헤맬 때가 있습니다.
사랑은 견고한 생의 불꽃
그 불꽃을 피우기 위해서는
사랑을 아끼지 말아야 합니다.
사랑은 거룩한 삶의 행진
사랑만큼 위대한 인생의 혁명은 없습니다.
그러하기에 끝이 보이지 않는 마지막 순간까지도

사랑을 쉽게 포기하지 마십시오.

안개 속을 걷는 것 같은 사랑을 경계하십시오.

쉽게 얻는 사랑은 쉽게 잃는 것.

사랑의 뿌리가 약하면 쉽게 무너져 내리지요.

사랑의 뿌리를 튼튼하게 키우십시오.

♣*

사랑을 쉽게 얻으려고 하지 마십시오. 쉽게 얻는 사랑은 진실의
뿌리가 얕아 쉬 무너져내리지요. 안개 속을 헤매듯 휘청거리는 사랑은
하지 마세요. 그런 사랑은 서로에게 아픔만 남겨주니까요.

행복하길 원한다면

"행복하기를 원한다면 남을 즐겁게 하는
일을 배우라."
M. 프라이어의 말입니다.
대개의 사람들은
자신의 행복은 목숨처럼 여기면서도
남의 행복은 아랑곳하지 않습니다.
오히려 자신의 행복을 위해서라면
남의 행복까지 빼앗으려 듭니다.
행복은 아무런 노력 없이 거저 얻는
불로소득물이 아니며
강제로 쟁탈하는 것도 아닙니다.
행복은 스스로의 노력으로 만드는 것입니다.
그런데 좀 더 큰 행복을 얻으려면
남을 기쁘게 하고

즐겁게 하는 일에 익숙해져야 합니다.

자기만 아는 기쁨은 절반의 행복입니다.

그러나 자신과

남이 함께 기뻐하는 것은

모두의 행복이고,

모두의 즐거움입니다.

♣*

자신만을 위한 행복은 시냇물 같은 행복이고, 자신과 타인을 위한 행복은
강물과 같은 행복입니다. 자신만을 위한 행복은 깊이가
얕습니다. 행복은 모두가 공유할 때 더 깊고 크답니다.

꽃길을 걸으며

꽃길을 걸으며
슬픔에 대해 말하지 마십시오.
꽃길을 걸으며
아픔에 대해 호소하지 마십시오.
꽃길을 걸으며
원망과 분노에 대해 말하지 마십시오.
꽃길을 걸을 땐
그대도 그냥 꽃이 되십시오.
꽃을 보고도
즐거움을 얻지 못하는 것처럼
어리석은 일은 없습니다.
꽃길을 걸을 땐
꽃의 마음으로 사뿐히 걸어가십시오.
꽃은 기쁨을 줍니다.

꽃은 행복을 줍니다.

꽃은 사랑을 줍니다.

꽃은 향기를 줍니다.

꽃길을 걸을 땐 행복한 마음을 품으십시오.

꽃길은 걸을 땐 미움을 버리십시오.

꽃길을 걸을 땐 사랑을 간직하십시오.

♣*

꽃길을 걸어가면 마음이 즐거워집니다. 고약했던 마음이나
불만스러웠던 마음도 슬그머니 사라지지요. 그리고 그 마음속엔
보름달보다 밝은 행복이 마음 밭을 환히 비추어 준답니다.

사랑의 본질 · 2

인간은 고독을 극복하기 위해
사랑을 하고,
그 사랑을 통해서만
삶을 완성시킬 수 있습니다.
사랑의 본질은
삶을 완성시키는 데 있습니다.
사랑의 본질을 모르고
사랑을 말하지 마십시오.
사랑의 본질을 모르고
사랑한다고 말하지 마십시오.
사랑을 모르고 인생을 말하지 마십시오.
사랑이 없는 인생은 죽은 인생입니다.
그러나 사랑의 본질이 무엇인지
제대로 알고 사랑한다면

더욱 아름다운 사랑을 할 수 있을 겁니다.

당신의 인생을 복되게 하십시오.

그리하여 당신의 인생이 복되고 아름답다면

당신은 참으로 행복한 사람입니다.

♣*

사랑의 본질은 사랑만 위한 것이 아니라 삶을 완성시키는 것입니다.

완성된 삶을 원한다면 사랑의 본질을 잊지 마십시오.

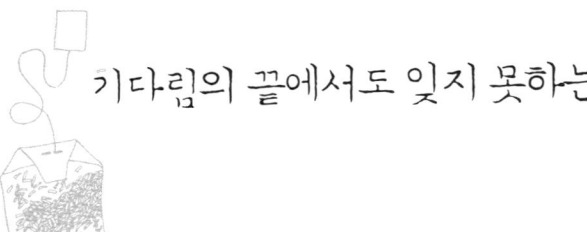

기다림의 끝에서도 잊지 못하는 것은

우리가 삶의 뒤편 기다림 끝에서도
내일을 태양처럼 잊지 못하는 것은
아직은 못다 핀 소망의 꽃이
보이지 않는 그 순간까지도
우리를 기다리기 때문입니다.
만약 소망이 없다면
캄캄한 밤길을 가는 것과 같습니다.
밤길은 생각만으로도
아찔하고 두려움이 엄습합니다.
그러나 소망이 있다면
환한 대낮의 길을 가는 것과 같습니다.
소망이 있음과 없음은
엄청난 결과를 낳습니다.
시련이 당신을 힘들게 해도

절대로 시련 앞에 굴복하지 마십시오.
당신이 등을 돌리는 순간
시련은 당신을 실패의 구렁텅이로
매몰차게 내몰 것입니다.
하지만 시련을 극복하는 순간
소망은 당신에게 성공이란
인생의 값진 선물을 안겨 줄 것입니다.

♣*

소망이 있는 사람은 절망의 끝에서도 쓰러지지 않습니다.
소망은 대지를 환희 비추는 태양과 같아 언제나
그 사람을 감싸주기 때문이지요.
그러므로 시련 앞에서 절대 등을 돌리지 마십시오.
등을 돌리는 순간 당신은 시련의 웅덩이에 가라앉게 되니까요.

숙명

사랑 앞에 숙명이란 말을
믿지 마십시오.
사랑은 그 어떤 숙명 앞에서도
결코 쓰러지지 않습니다.
만약 당신이 멋진 사랑을 꿈꾼다면
최선의 사랑을 위해
당신의 온몸과 마음을 다 바치십시오.
사랑은 자신의 열정과
자신이 가진 모든 것을 걸고
다가가는 자에게 두 팔을 벌려
기쁨으로 맞아들이지요.
자신의 것을 아까워하고 인색한 자에게
사랑은 가까이 가지 않습니다.
사랑은 인색한 자를 싫어합니다.

사랑은 마음이 풍요로운 자를 좋아합니다.

사랑은 배려하고 이해하는 자를 원합니다.

숙명이란 이유로 사랑을 모독하지 마십시오,

사랑은 숙명을 뛰어넘는 힘을 갖고 있습니다.

사랑 앞에 결코 숙명을 말하지 마십시오.

사랑은 모든 것을 이루고

사랑은 모든 것을 바라는 진실입니다.

＊

사랑은 누구에게나 찾아오는 즐거운 인생의 손님이지요.

찾아 온 손님을 정성껏 맞아주듯 사랑이 찾아오면

기꺼이 두 팔 벌려 맞아주십시오. 그리고 그 사랑이 숙명으로 인해 흔들

리지 않게 단단히 꼭 잡아주십시오.

행복의 파랑새

행복은 사람들이

거친 세상을 살아가게 하는 힘이자

인생의 최대 관점입니다.

행복은 자유를 주고 기쁨을 주고

꿈을 주고 미래를 바라보게 합니다.

하지만 귀중한 행복은 그냥 오지 않습니다.

행복한 마음을 가질 수 있는 일을 할 때

찾아오는 인생의 값진 선물입니다.

당신은 행복의 파랑새를 원하는지요.

그렇다면 애써 멀리서 찾지 마십시오.

행복은 늘 당신 가까이에서

자신을 불러주기를 기다리고 있습니다.

눈을 돌려 당신의 주변을 돌아보세요

당신을 필요로 하는 곳이 어디에 있는가를 살펴보십시오.

당신을 필요로 하는 곳이 있다면
주저하지 말고 당신의 사랑을 건네주십시오.
행복은 받으려고만 하는 사람을 좋아하지 않습니다.
행복은 자신의 귀중한 것을 남을 위해 쓸 줄 아는 사람을
좋아하여 더 큰 행복을 선물한답니다.

♣*

행복의 파랑새를 멀리서 찾는 사람들이 있습니다.

마음의 눈이 어두워 곁에 있는 행복을 못 보기 때문이지요.

곁에 있는 행복을 놓치지 마세요. 당신 곁에 있는 행복이 진정한 당신의

행복이니까요.

한시라도

한시라도 사랑하는 사람을
잊지 못하는 것은
사랑하는 사람이 온 마음을 다
차지하고 있기 때문입니다.
사람은 누구나 자신의 사랑이 사랑하는 이의
마음에서 잠시라도 떠나지 않기를 바라지요.
그 사랑이 조금이라도 틈을 보이면
괴로움의 강물에 빠져
허우적거리며 마음 아파하지요.
사랑하는 이의 마음을 아프게 하지 마세요.
사랑은 한시라도 사랑하는 이를 그리워하고,
그 사랑에게 가까이 다가가길 원하지요.
당신은 그런 사랑을 가졌나요.
그렇다면 당신은 행복한 사람입니다.

그러나 그런 사랑을 가지지 못했다면
그건 오직 당신의 책임입니다.
당신이 진정 사랑을 원한다면
당신의 마음을 활짝 열고 당신의 진실을
거짓 없이 아낌없이 보여주세요.
사랑은 나를 사랑하는 이에게 내어주는 것입니다.
사랑은 사랑하는 이가 언제든지 찾아와 기대고 앉아
마음 편히 쉴 수 있는 행복한 의자입니다.

♣*

사랑은 한시라도 사랑하는 이를 그리워하고, 그 사랑에게
가까이 다가가길 원한답니다. 왜 그럴까요?
사랑은 한시라도 떠나고 싶지 않은 행복의 집이기 때문이지요.

서로 마주보라

두 마리의 새가 나란히 마주서서
먹이를 쪼아 먹었습니다.
서로 더 먹으려고 다투지 않고
사이좋게 나누어 먹었습니다.
그 모습이 하도 예뻐서 한참을 서서 바라보았습니다.
말 못하는 새가 나란히 마주보며 먹는 모습에서
사랑은 마주보며 서로를 인정하는
아름다운 마음의 품격이라는 것을
다시 한번 돌이켜 생각해 보았습니다.
한참 먹이를 쪼아 먹던 한 마리가
저 멀리로 날아가자 그 뒤를 따라
다른 한 마리도 날개를 퍼덕이며 날아갔습니다.
그 모습에서 사랑은 보이지 않는 하나의 줄로
이어져 있다는 걸 알았습니다.

나는 두 마리 새가 안 보일 때까지 바라보았습니다.

그리고 마음이 행복해짐을 느꼈습니다.

사랑은 그런 것입니다.

어디든지 마주보며 함께 하는 것입니다.

♣*

사랑은 서로 같은 곳을 바라보는 것입니다. 나는 왼쪽을 바라보는데

사랑하는 이가 오른쪽을 바라본다면 그 사랑은 문제가 있습니다.

사랑의 줄이 끊어지기 전에 서로의 사랑을 단단히 고정시키십시오.

사랑과 행복의 비밀

"노는 시간을 가져라.

사랑하고 사랑받는 시간을 가져라.

남에게 주는 시간을 가져라.

그것은 영원한 젊음의 비밀이다.

그것은 하나님께서 주신 특권이다.

이기적이 되기에는 하루가 너무 짧다."

인도 캘커타의 어린이집

표지판에 있는 글입니다.

이 글을 보면 인간이 어떻게 살아야 하는지를

단적으로 잘 가르쳐줍니다.

그것은 노는 시간을 갖는 것이고

사랑하고 사랑 받는 시간을 갖는 것이고

남에게 주는 시간을 갖는 것입니다.

이 글 어디에도 돈 많이 벌고

좋은 직장을 얻고 높은 자리에 오르고
금은보석으로 치장하라는 말은 없습니다.
그저 사랑하고 사랑받고 남에게 베풀고
노는 시간을 가지라고 합니다.
이 글은 진정한 사랑과 행복을 얻는 방법을
나긋나긋 차분하게 가르치고 있습니다.
사랑과 행복을 찾는 일에 열정을 바치십시오.
그것이 사랑과 행복의 비밀문을 여는 열쇠입니다.

♣*

혼자만을 위한 사랑은 사랑이 아닙니다. 그것은 사랑으로 위장한 독선입니다. 사랑은 둘이 함께 행복해야 합니다.

왜냐하면 사랑과 행복은 서로를 떠나서는 존재할 수 없으니까요.

행복의 권리

우리는 누구나
행복하게 살 권리가 있습니다.
그 사람이 어느 곳에서 태어났던,
어떤 신분으로 태어났던,
많이 배웠던 많이 배우지 못했던,
얼굴이 예쁘던 얼굴이 못생겼던,
이러한 것들은 행복하게 살아갈
권리를 가로막을 수 없습니다.
행복을 가로막는 것은 바로 우리들 자신입니다.
우리들의 미흡함은 언제나 스스로
행복하게 살 권리를 박탈해버리지요.
그 어느 누구도 타인의 행복을 간섭하면 안 되고
스스로도 간섭받지 않도록 해야만 합니다.
당신은 오늘 행복합니까, 라고 물었을 때

네, 나는 참 행복합니다, 라고 대답할 수 있다면
그 얼마나 행복한 사람입니까.
당신은 그런 사람이 되십시오.

♣*
사람은 누구나 행복하게 살 권리가 있습니다. 하지만
행복하게 살기 위해서는 권리와 책임을 다해야 합니다.
가만히 있는 사람이 좋다고 찾아가는 행복은 없답니다.

주는 만큼 받는 사랑

사랑을 받으려고만 하지 마십시오.
받고 싶은 만큼 먼저 주십시오.
일방적인 욕심이 가슴을 저리게 하는 건
사랑을 주지 못하기 때문입니다.
온전한 사랑이란 주고 받는 사랑의 무게가
같다는 뜻입니다.
"남을 사랑하는 것에 인색하다면,
남도 나를 헌신짝처럼 알 것이다.
남을 소중히 여길 때
남도 나를 소중히 여길 것이다."
이는 동양명언인데 이 글에서도
사랑에 인색하지 말라고 권면하고 있습니다.
사랑에 인색하면 자신 또한
인색한 사랑의 대가를 치를 수밖에 없지요.

당신이 진실한 사랑을 원한다면
당신이 먼저 진실한 사랑을 주십시오.
당신이 주는 만큼, 꼭 그 만큼만
되돌려 받는 것이 사랑의 순리입니다.

♣*

하나를 주면 하나를 받고 둘을 주면 둘을 받는 게 사랑입니다.
자신은 하나를 주면서 둘을 받겠다면
그것은 이루어질 수 없는 과욕입니다.
사랑은 자신이 준 것만큼 꼭 그만큼만 받는 답니다.

함께 해서 행복한 사랑

사랑을 잃어 본 사람은 압니다.
사랑하는 이와 함께 하는 것이
그 얼마나 행복한지를.

사랑을 나누어 본 사람은 압니다.
사람들에게 사랑을 나누어 주는 것이
그 얼마나 기쁜 일인지를.

사랑을 받아본 사람은 압니다.
외로울 때 그 사랑이
그 얼마나 위안이 되는 지를.

사랑을 아파 본 사람은 압니다.
사랑 없이 사랑을 알지 못하고

사랑을 아파 보지 않고는
그 사랑의 진실을 이해하지 못한다는 것을.

사랑을 주어 본 사람은 압니다.
사랑은 욕심을 버리는 것이라는 것을
그리고 미움을 떨쳐버리는 진실이라는 것을.

♣*
혼자 하는 사랑은 외로운 사랑입니다.
그 사랑이 아무리 치장을 한다 해도
쓸쓸함이 묻어나는 건 혼자 하는 사랑은 아픔이기 때문이지요.
사랑을 함께 할 때 빛이 나고 둘이 마주 바라볼 때 완성된답니다.

오늘은 슬피 울어도
내일은 기쁨이 찾아올지도 모릅니다.
오늘은 분노로 가득 차나
내일은 소리 내어 크게 웃을지도 모릅니다.
오늘이 인생의 마지막인 것처럼 허무해도
내일은 희망이 푸른 날개를 퍼덕이며
찾아올지도 모릅니다.
아무것도 아닌 것처럼.

Part 02

그래도 해라,
아름다운 내일을 위하여

사색의 숲길

숲이 우거지고 새들이 지저귀는 오솔길을 걷다보면
한없이 마음이 맑아 옴을 느낍니다.
소란한 세상에서 들려오는 온갖 잡음을 뒤로하고
호젓한 길을 걸어갈 때의 그 기분을 느껴보십시오.
풀벌레소리의 청아함,
손으로 짜면 금방이라도
푸른 물이 뚝뚝 떨어질 것 같은 산바람
코끝에 짜르르 감겨오는 흙냄새는
당신의 지친 마음을 편안하게 만들어 줄 것입니다.
너무 현실적인 것에만 집착하다보면
치열한 경쟁과 스트레스로 마음의 여유가 없게 됩니다.
그러다 보면 동물적 욕구만 커져
붉은 그림자에 가려져 사리분별이 흐려지고
경쟁의 파도에 휘말리게 되지요.

그래서 당신은 물론

사랑하는 이들에게까지 마음의 상처를 주게 됩니다.

바쁠수록 마음의 여유를 찾는 일에 힘써야 합니다.

마음의 여유를 갖기 위해서는 틈틈이 산책을 하며

자신만의 시간을 갖고 고요히 자신을 돌아보십시오.

자신만의 사색의 숲길을 사뿐히 걸어가야 합니다.

그렇게 될 때 기쁨이 충만한 마음을 얻게 될 것입니다.

♣*

너무 바쁘게 살다보니 자신조차 되돌아보는 시간이 없습니다. 하루하루가 숨 가쁘게 지나가고 자신이 왜 이토록 치열하게 살아야 하는 지도 모를 때가 있습니다. 이럴 때일수록 삶을 되돌아 봐야 합니다. 틈틈이 사색하고 몸과 마음을 새롭게 해야 더 나은 내일을 살 수 있답니다.

삶의 본질

바닷가 언덕에서
멀리 수평선을 바라보면
가슴이 뭉클해집니다.
넓게 트인 바다는 사색적이며
너그럽고 평화스러워 보입니다.
백수의 왕 사자는 고개를 숙이는 법이 없습니다.
항상 고개를 들고 눈은 앞을 향해 있습니다.
그 자태가 하도 당당해 보는 것만으로도
사람들의 마음을 흥분하게 만듭니다.
그러나 개, 이리, 고양이의 눈은
늘 땅바닥을 향해 있습니다.
먹이를 찾느라 고개를 숙이고 다니기 때문입니다.
그래서 멀리 바라볼 겨를이 없습니다.
물질의 탐욕에 사로잡힌 사람들의 눈은

마치 개, 이리, 고양이의 눈과 같습니다.

시기와 탐욕으로 가득 차 있어 경쟁심만 가득합니다.

사람이 물질에만 너무 집착하는 것은 슬픈 일입니다.

사람이 사람인 까닭은 삶의 본질을 아는 데 있습니다.

자기를 알고 모두를 아는 것

그것이 삶의 지혜입니다.

*

지금 내가 어디로 가고 있는 것일까? 라는 의문이 들 때가 가끔은 있을 겁니다. 더구나 현실이 아프고 힘들게 할 때 더욱 그런 생각에 잠기게 되지요. 탐욕과 경쟁심만 가득한 세상에서 어찌 그런 마음이 들지 않겠는지요. 이럴 때일수록 삶의 본질을 잊어서는 안 됩니다.

사람과 낙엽

봄, 여름, 가을을 거치는 동안에는
푸른 싹을 틔워
자연을 아름답게 가꾸어 주고
썩어서는 거름이 되어주는 낙엽은 위대합니다.
사람이 낙엽만 같을 수 있다면
그는 분명 성공한 인생일 것입니다.
사람도 유아기, 유년기, 청소년기를 거치며
한 사람으로 거듭납니다.
그것이 인생의 길이지요.
그런데 사람들 중엔
자신이 아닌 남을 위해 사는 사람이 있습니다.
그런 삶에는 열정과 희생이 따라야 하기에
참으로 고결하지요.
그러나 누구나 그렇게 살 수는 없습니다.

인생의 참의미가 무엇인지를 아는 사람만이
행할 수 있는 거룩한 삶입니다.
사람은 누구나 소중합니다.
그리고 가치 있는 삶을 살 권리가 있습니다.
소중한 것은 소중한 것끼리
서로에게 그 무엇이 되어야 합니다.

♣*

다른 사람들을 생각하며 산다는 것은 참 아름다운 일이지요. 그것은 자신을 위해 사는 것보다 더 힘든 일이니까요.

낙엽은 땅에 떨어져 썩어짐으로써 또다른 나무의 거름이 되어주지요. 봄날 나무가 푸르른 것은 낙엽의 썩어짐 때문입니다. 타인을 위해 낙엽 같은 사람이 될 수 있다면 그것은 참으로 가치 있는 삶이지요.

침묵하라 그리고 말하라

나뭇잎이 무성하면 오히려 과실이 적고
나뭇잎이 적당하면 과실이 많은 법입니다.
이는 나뭇잎이 많으면 영양분을
나뭇잎에게 빼앗겨 그만큼 과일이
자라지 못하기 때문입니다.
사람의 말도 이와 같습니다.
말이 많다보면 바른 말도 있지만
그만큼 쓸데없는 말도 많은 법입니다.
말이 많은 사람에게 신뢰가 가지 않는 것은
그 말 속의 진실의 농도가 옅기 때문입니다.
침묵이 때론 금보다 귀하다고 합니다.
꼭 필요한 말은 그만큼
쓸 말이 많습니다.
자신이 진정으로 신뢰받고 싶다면

될 수 있는 한 말을 줄이기 바랍니다.
말수가 적은 사람은 업신여김을 당하지 않습니다.
그러나 무조건적으로
침묵하라는 것은 결코 아닙니다.
꼭 해야 할 말은 해야 하겠지요.

♣*

말이 많은 사람은 빈 수레와 같은 사람이지요. 말 많은 사람치고 속이 꽉
찬 사람이 없으니까요. 침묵이 때로 아름다운 이유는 침묵함으로 상대방을
아프게 하지 않기 때문입니다. 하지만 꼭 할 말은 해야 하겠지요. 그래야 의
식이 깨어 있는 사람입니다.

진정한 자유

자신의 행동을 통제하지 못하는 것은
무책임 행위입니다.
말을 가려서 해야 하듯
행동도 가려서 해야 합니다.
자신의 행동을 절제하지 못하는 사람은
자신이 벌인 행위로 인해
어쩌지 못하는
상황에 처하게 될 때가 있습니다.
누워서 침 뱉기란 말이 있듯
자신이 한 행동으로 인하여
되갚음을 당할 수 있다는 말입니다.
이런 사람들이 넘치는 사회는 매우 위험합니다.
질서를 흐트러트리고
자유를 억압하는 것은

그 어떤 것으로도 용서받지 못할 행동입니다.
진정한 자유는
나와 너와 우리 모두를 위하는
참다운 마음과 평화적 행동입니다.
의식이 깨어 있는 자유인이 되어야 합니다.

♣*

내가 하고 싶은 대로 말하고 행동하는 것을 자유로 아는 사람들이 많은
세상입니다. 자신과 뜻이 안 맞으면 길거리로 쏟아져 나와 소리치고 떠들어
댑니다. 하지만 진정한 자유는 나와 너와 우리 모두를 위하는 참다운 마음
과 평화로운 행동이어야 합니다.

자신에게 엄정하라

자신을 스스로 칭찬하는 것은 교만입니다.
교만은 자신의 마음을 어둡게 하여
판단력을 흐리게 하고,
자신을 통제하지 못하게 만듭니다.
자신을 통제하지 못하는 자는
위험한 상황에 노출될 우려가 큽니다.
교만한 사람을 좋아하고 이해할 사람은
그 어디에도 없습니다.
하지만 겸손한 자는 어디를 가더라도
칭찬을 듣게 되고 인격적인 대우를 받습니다.
겸손은 상대방에게 신뢰를 주고
믿음을 주고 안정감을 줍니다.
겸손한 자에게 돌을 던지는 사람은 없지만
교만한 사람에겐 비난이 화살처럼 박히고

그 자를 믿으려 하지 않습니다.

인격적인 사람이 되기 위해서는

자신에겐 엄정하고 냉정해야 합니다.

그렇게 될 때 사물과 이치를 바르게 인식하는

맑은 마음의 눈을 갖게 되어

상대방으로부터 믿음과 존경을 받게 될 것입니다.

♣*

보통의 사람들은 자신에게 관대하고 타인에게 엄정하지요. 이는 자신의 잘못에 대해 대수롭지 않게 생각하기 때문입니다. 하지만 공자는 말하기를 자신에게 엄정하고 타인에게 관대하라 했지요. 자신에게 엄격하고 타인에게 관대해야 세상을 바른 눈으로 바라보게 된다는 것입니다. 그래서 자신에게 엄정한 사람은 실수가 적고 흐트러짐이 없는 법입니다.

그래도 해라,
아무것도 아닌 것처럼

1.

오늘은 슬피 울어도
내일은 기쁨이 찾아올지도 모릅니다.
오늘은 분노로 가득 차나
내일은 소리 내어 크게 웃을지도 모릅니다.
오늘이 인생의 마지막인 것처럼 허무해도
내일은 희망이 푸른 날개를 퍼덕이며
찾아올지도 모릅니다.
아무것도 아닌 것처럼.

오늘은 내 주머니가 비록 초라하지만
내일은 가득 찰지도 모릅니다.
오늘은 날 알아주는 이가 없어도

내일은 날 찾아주는 사람들로
차고 넘칠지도 모릅니다.
아무것도 아닌 것처럼

당신이 하는 일에 대해
이렇다 저렇다 비방을 해도
자신의 일이 옳다면
결코 주눅 들거나 멈추지 마십시오.
아무것도 아닌 것처럼.

당신에게 주어진 영광에 대해
시샘하거나 따돌릴지라도
당신의 노력으로 이룬 것에 대한
긍지와 자부심을 갖고
더욱 더 자신에게 최선을 다해야 합니다.
아무것도 아닌 것처럼.

2.

내 마음 같이 믿었던 사람이
어느 순간 등을 돌리고 떠나갈지도 모릅니다.

진실로 당신이
그를 이해한다면 그를 용서하십시오.
아무것도 아닌 것처럼.

누군가가 도움을 요청한다면
야멸치게 물리치지 마십시오.
내일은 당신이 누군가에게 도움을
요청할지도 모릅니다.
있는 그대로를 믿고
있는 그대로를 받아들여야 합니다.
아무것도 아닌 것처럼.

어제는 오늘을 몰랐던 것처럼
내일도 잘 알 수 없지만
삶은 늘 그렇게 지내왔고 그래서 미래는
언제나 신비롭고 영롱합니다.
아무것도 아닌 것처럼.

오늘 하늘은 맑고 푸르지만
내일은 그 하늘을 영원히 못 볼지도 모릅니다.

그래도 오늘 하루는 당신에게 주어진 일에
묵묵히 정성을 다 하십시오.
아무것도 아닌 것처럼.

아무리 혹독했던 겨울도 지나가면 새봄이 오고 산과들은 푸르게 변하지
요. 아무리 지독했던 절망 속에서도 희망은 싹 트는 것이지요. 세월이 아무
리 고달퍼도 포기하지 마십시오. 저 환하게 웃는 꽃도 비바람을 이겨내고
한 송이 꽃을 피운 거랍니다.

최악의 인생

이스라엘 속담에
"최악의 인생이라도 최선의 죽음보다는 낫다."
라는 말이 있습니다.
사람은 살아가면서 예기치 못한 일로
슬퍼하며, 마음 아파하며,
괴로움에 몸을 떠는 일을
종종 겪게 됩니다.
그런데 이를 참지 못하고 절망하여
다시는 오지 못할 길을 간다면
그것처럼 불행한 일은 없습니다.
자신의 인생을 견디지 못하고
죽음으로 삶을 끝내는 사람들이 있다는 것은
자신만의 비극이 아니라
가족과 친구와 우리 모두의 비극입니다.

인생은 꽃과 같습니다.

그 꽃을 가꾸고 보살피는 것은

자신에게 주어진 의무이자 권리입니다.

최악의 인생이라고 여길 때에도

최선을 다하는 것이야말로

자신에게 당당하고 부끄럽지 않은 인생입니다.

자신의 인생에게 부끄럽지 않은 사람은

그가 누구든 진실로 아름다운 사람입니다.

♣*

한창 꽃다운 젊은이들이 최악의 실업률 속에서 허덕이고 있습니다. 88만 원 세대와 비정규직이 점점 늘어나는 현실에서 모두가 아파하고 있습니다. 그러는 가운데 삶을 포기하는 젊은이들이 있습니다. 가슴 아픈 일이지요. 하지만 최악의 인생도 최선의 죽음보다는 낫습니다. 참고 견디며 열정의 끈을 놓지 않는다면 반드시 기회는 찾아올 것입니다.

인생과 꽃

인생은 마치 꽃과 같습니다.
꽃을 가꾸고 매만지고 정성을 들일 때
화단이 더욱 풍성하고 아름답듯
자신의 삶을 어떻게
준비하고 가꾸느냐에 따라
풍요로운 인생이 되기도 하고
낭비하는 인생이 되는 것입니다.
풍요로운 인생을 산다는 것은
자신에게나 모두에게 행복한 일이지요.
그러나 인생을 낭비하는 것은
자신에게나 모두에게 불행한 일입니다.
낭비하지 않는 인생이 되기 위해서는
자신을 아끼고 사랑하십시오.
그리고 빛나는 인생이 되기 위해

최선의 마음으로 최선의 사랑을 하고
최선의 노력으로 목적을 이루십시오.
인생은 단 하나뿐입니다.
그 하나의 목숨이 아름답게 꽃피며
드높은 향기를 뿜어낼 수 있도록
날마다 오늘을 힘차게 걸어가야 합니다.

♣*

정성을 들여 가꾼 꽃이 더 아름답고 예쁘지요. 정성은 꽃도 더 아름답게 가꾸어 줍니다. 하물며 만물의 으뜸인 인생은 어떠하겠는지요. 자신에게 공을 들인 만큼 삶은 아름다워집니다.

인생을 멋지게 조각하라

사람은 누구나 자신의 삶을
조각하는 조각가입니다.
어떻게 조각하느냐 하는 것은
각자에게 달린 문제입니다.
특급 조각가는 멋진 작품을 위해
정성을 다하여 작품에 몰두합니다.
빈틈도 주지 않습니다.
자만하지도 않습니다.
거짓 기교를 부리지도 않습니다.
돈만을 위해 작품을 만들지도 않습니다.
남의 작품을 비판하거나 얕잡아 보지도 않습니다.
시간을 낭비하지도 않습니다.
상대방의 비평에 귀 기울일 줄도 압니다.
오직 자신의 작품을 빛내기 위해 헌신하고

자숙하고 열정을 다 바칩니다.
자신의 인생을 어떻게 계획하고
가꾸어 나가느냐에 따라
삶의 작품이 달라지는 것입니다.
명품 인생이 되느냐 짝퉁 인생이 되느냐는
전적으로 그 자신에게 달려 있는 것입니다.
한번 뿐인 인생을 멋지게 조각하는
인생 최고의 조각가가 되십시오.

♣*

사람은 누구나 자신의 인생을 조각하는 조각가입니다. 조각가가 어떻게 스케치를 하고 조각을 하느냐에 따라 최고의 예술품이 될 수도 있고, 최하의 졸작이 될 수도 있지요. 이왕이면 최고의 조각품이 되어야겠지요. 자신의 인생을 명품으로 조각하는 인생의 조각가가 되십시오.

작은 일에 충실하라

세상이 아름다운 것은
온갖 것들이 저마다 조화를 이루며
살아가기 때문입니다.
사람들은 흔히 작은 것은 보잘것없다고 여기는
실수를 저지릅니다.
이는 대단히 위험하고
어리석은 짓입니다.
초고층 빌딩도 작은 벽돌이 쌓여져 이루어졌고,
커다란 점보비행기도
눈곱딱지만한 작은 부품들로
이루어졌음을 기억해야 합니다.
작다고 해서 약한 것이 아닙니다.
또 가치가 없는 것도 아닙니다.
반도체 칩을 보십시오.

그 작은 칩이 오만가지 정보를 기억합니다.

작다고 깔보지 마십시오.

큰 것이 있으면 작은 것도 있어야 합니다.

작은 것이 큰 것을 만든다는 사실을 기억하십시오.

작은 것과 큰 것이 조화를 이룰 때

가치 있는 세상이 활짝 열립니다.

♣*

작은 일에 최선을 다하는 사람은 어느 것 하나도 소홀히 여기지 않습니다. 작은 것의 소중함을 잘 아는 까닭이지요. 자신의 하나 뿐인 인생을 위해 최선을 다하십시오. 최선을 다하는 사람이 가장 멋진 사람입니다.

부드러움은 강함이다

길가에 아무렇게나 피어 있는 풀을 보십시오.

그것은 누가 심지도 않고 가꾸지 않아도

모진 비바람에도

저 홀로 피고 저 홀로 쌩쌩하고

저 홀로 의연하게 들판을 지키고 산을 지킵니다.

풀이 없는 대지를 상상해 보십시오.

삭막하고 쓸쓸하고 메말라 보일 것입니다.

그러나 푸른 풀들로 뒤덮인 대지는

보는 것만으로도 평안함을 얻고

안락함을 느끼게 될 것입니다.

풀은 부드럽지만 진정 강합니다.

반면에 전봇대는 바람에 부러지고

아름드리나무는 뿌리째 뽑혀 내동댕이쳐집니다.

부드러운 것은 휘어질지언정

깨지고 부러지는 법이 없습니다.

부드러운 것을 얕보지 마십시오.

단단하게 보이는 것이 오히려 무를 수 있습니다.

마찬가지로 부드러운 미소

부드러운 언행이 진정

강한 사람을 만드는 비결입니다.

♣*

진정으로 강한 사람은 부드러움 속에 자신의 진실을 담고 있는 사람이지요. 풀이 비바람 속에서도 꺾이지 않는 것은 부드럽기 때문이지요. 그러나 나무는 부러지고 전봇대는 쓰러지고 말지요. 겉으로 보여지는 것이 강한 것이 아닙니다. 진실로 강한 것은 부드러움 속에 진실을 담고 있답니다.

겉모습의 위험성

멀리서 숲을 바라보면
하나같이 짙은 녹색으로 보입니다.
그러나 가까이 다가가보면
매끈한 나무도 있고,
울퉁불퉁한 나무도 있고,
가지가 배배 꼬인 것도 있고,
잘려나간 것도 있고,
잎이 무성한 것도 있고,
색이 연한 것도 있고,
빛이 바란 것도 있습니다.
그런데도 멀리서 보면 한결같이
푸르고 매끄럽게 보입니다.
이와 마찬가지로 밖에서 남의 집을 보면 모두가
하나같이 아무 일 없는 것처럼 보입니다.

그러나 자세히 들여다 보면 사연 없는 집이 없습니다.

잘 사는 사람, 못 사는 사람, 지위가 높은 사람,

지위가 낮은 사람 모두

저마다의 사연이 있기 마련입니다.

단순히 겉모습만 보고 그 사람이 행복하다, 불행하다,

판단하지 마십시오.

겉모습이 모든 것을 말해주지 못합니다.

겉모습만 보고 따라가다가는 함정에 빠질 수 있습니다.

진정 중요한 것은 내면이 아름답고 깨끗해야 합니다.

자신의 행복한 인생을 위해서라면

자신만의 개성을 살려 최선의 인생이 되어야 합니다.

♣*

겉모습에 취해 따라하다가는 반드시 실패의 쓴맛을 보게 될 겁니다. 사람이든 일이든 그 무엇이고 간에 겉모습으로 판단하면 안 됩니다. 겉모습은 겉모습일 뿐 진정한 속 모습은 아니니까요.

성찰의 힘

삶의 참모습은 깊은 성찰에서 옵니다.

이 세상의 모든 것은 질서와 순리로

이루어져 있습니다.

이러한 원리를 아는 것은

성찰의 힘입니다.

동서양의 많은 선각자들은

자신과 자연을 깊이 통찰함으로써

참삶을 살았습니다.

성찰하지 않는 삶은

더 나은 삶을 포기하는 것과 같습니다.

더 나은 삶을 포기한다는 것은

자신의 인생에 대한 직무유기입니다.

자신의 인생에 대해서 직무유기를 하지 않으려면

성찰하는 자세로

하루하루를 적극적으로 살아야 합니다.
성찰이란 인생을 바르게 구현하는 길이며
그것을 통해 올바른 나로 살아가게 됩니다.
성찰은 가장 인간다운 길을 걷게 하는
지혜의 발원입니다.

♣*

인간은 성찰의 동물이지요. 인간이 다른 동물에 비해 우수한 것은 성찰을
하기 때문입니다. 인간은 성찰을 통해 지혜를 기르고, 자신의 삶을 바른 길
로 나아가게 하지요. 성찰은 인간만이 가지는 지혜의 근본이지요.

실천의 위대성

에디슨은 말하기를
"좋은 생각도 이를 실행하지 않으면
좋은 꿈에 지나지 않는다."
라고 했습니다.
아무리 좋은 아이디어를 갖고 있다고 해도
그것을 활용하지 못한다면
그림의 떡과 같은 것입니다.
그림의 떡은 아무리 많아도 소용이 없습니다.
효용가치가 전혀 없기 때문입니다.
떡이 먹고 싶으면 떡을 빚어야 하고
배가 고프면 밥을 지어야 합니다.
실천은 어떤 일을
성공하느냐 못하느냐를 결정짓는 절대적 방책입니다.
사과나무에 아무리 많은 사과가 열렸다고 해도

몸을 움직여 따지 않는다면
자신의 입속으로 들어오는 일이
절대로 없을 것입니다.
실천한다는 것,
그것은 몸을 부지런히 움직이는 것이며
자신이 살아가야 함을 증명하는 것입니다.

♣*

아무리 좋은 생각도 실천하지 않으면 그림의 떡과 같습니다. 좋은 생각을
현실로 옮기기 위해서는 그 생각을 실행으로 옮겨야 합니다. 실천이 따르지
않는 생각은 아무런 의미가 없지요.

가난한 마음

사람들이 자신을 불행하다고
여기는 것은
물질이 부족해서가 아니라
마음이 가난하지 못하기 때문입니다.
아무리 많은 물질이 있다하더라도
만족하지 않는다면
불행한 마음으로부터 벗어날 수 없습니다.
그러나 작은 물질에도 감사하고
만족할 줄 안다면
불행으로부터 벗어나
행복한 인생으로 살아갈 수 있습니다.
물질이 많은 자가 부자가 아니라
마음이 가난한 자가 부자입니다.
마음이 가난한 자는 자족할 줄 아나

마음이 가난하지 못한 자는
언제나 초조함 속에서 살아가게 됩니다.
자신이 진정 만족한 인생이길 원한다면
마음이 가난한 자가 되어야 합니다.

♣*

마음이 가난한 자가 복이 있나니 천국이 저들의 것이다, 라는 성경 말씀
도 있듯 마음이 가난한 자가 더 큰 행복을 느낍니다. 아무리 금은보화를 산
더미처럼 쌓아놓아도 마음에서 만족하지 못하면 행복은 없지요. 마음이 가
난하다는 것은 진정한 복입니다.

마음의 구속으로부터 벗어나는 방법

마음의 구속으로부터 벗어나지 못하면
언제나 자신을 불행하다고 느낄 것입니다.
진실로 자신을 자유롭다고 여기는 사람은
자신의 마음으로부터 벗어났기 때문입니다.
모든 것을 움켜쥐고 소유하려는 마음은
진실을 보는 눈을 어둡게 하며
나만 아는 이기적인 마음은
사랑하는 마음을 빼앗아 버립니다.
자신의 마음으로부터 구속당하는 것은
삶의 자유를 잃어버리는 행위입니다.
마음의 구속으로부터 벗어나지 않는 한
결코 참다운 평안을 얻을 수 없습니다.
모든 것으로부터 진정 자유로워지려면
남과 쓸데없이 경쟁하는 마음

남을 시기하고 질투하는 마음

남을 비방하고 훼방하는 마음

남과 비교하는 마음

이 모든 마음으로부터 벗어나야 합니다.

구속하고 간섭하고 경쟁하는 마음은

자신도 죽이고 남도 죽이는

불행의 씨앗이며

용서받지 못할 불편한 진실입니다.

♣*

자신을 불행하다고 여기는 사람은 언제나 불행을 느낍니다. 하지만 자신을 행복하다고 여기는 사람은 언제나 행복을 느끼지요. 자신을 불행하다고 느낀다면 마음의 구속으로부터 벗어나십시오. 그렇게 하지 못하면 마음의 감옥에 갇혀 모든 것을 부정적으로 바라보게 될 것입니다.

샘물 같은 마음

더운 여름 날 지쳐있을 때
한 모금의 샘물은
꿀보다 달고 보약보다 값집니다.
마른 목을 축이는 데
물보다 더 훌륭한 것은 없습니다.
목이 마른 데 꿀을 먹을 수도 없고
보약을 먹을 수도 없습니다.
이치가 이런데도 순리를 거역하는 것은
섶을 지고 불로 뛰어드는 것과 같습니다.
무더운 날 샘물은 보는 것만으로도
마음이 맑고 시원해집니다.
샘물 같은 마음이란 사리분별이 뚜렷하고,
탐욕을 절제하고,
순리를 따라 사는 것을 이릅니다.

사람은 누구나
샘물 같은 마음으로 살아야 합니다.
서로에게 위안을 주고 용기를 주고
꿈을 주고 사랑을 주며 살아야 합니다.

♣*

무더운 여름날 마시는 샘물은 온몸과 마음을 시원하게 해주지요. 샘물 같은 마음이란 사람의 마음이 시원한 물처럼 맑고 시원한 것을 이르는 것이지요. 그러기 위해서는 사리분별이 뚜렷하고, 탐욕을 절제하고, 순리를 따라 사는 마음을 길러야 합니다. 샘물 같은 마음은 사랑과 배려의 마음이지요.

철학과 사상

에머슨은
"힘은 샘물과 같이 안으로부터
솟아나는 것이다.
힘을 얻으려면 자기 내부의 샘을 파야 한다.
밖으로 힘을 구할수록
사람은 점점 약해질 뿐이다.
그러므로 강하게 되려면 자기의 사상을
확고히 해야 한다."
라고 말했습니다.
철학은 사람에게 있어 나무의 뿌리와 같고
줄기와 같습니다.
뿌리가 약한 나무는 약한 비바람에도 쉽게
뿌리가 뽑히거나 부러집니다.
하지만 뿌리가 강한 나무는

폭풍우 속에서도 결코 쓰러지는 법은 없습니다.

삶의 철학이 없는 사람은

뿌리가 약한 나무와 같아

작은 일에도 쉽게 절망하고 쉽게 포기하게 됩니다.

철학하는 마음을 길러야 합니다.

그러기 위해서는 작은 사물도

유심히 들여다보고 깊이 생각해야 합니다.

그래야만 이치를 밝게 헤아리는

지혜로운 삶을 살 수 있습니다.

♣*

말과 행동을 보면 그 사람의 됨됨이를 알 수 있지요. 그 사람이 어떤 철학을 갖고 있고, 어떤 사상을 갖고 있는지를.

자신만의 철학과 사상이 있는 자는 말과 행동이 바르고 의식이 뚜렷합니다. 하지만 철학과 사상이 없는 사람은 뿌리가 얕은 나무와 같아 말과 행동에 진실성이 없습니다.

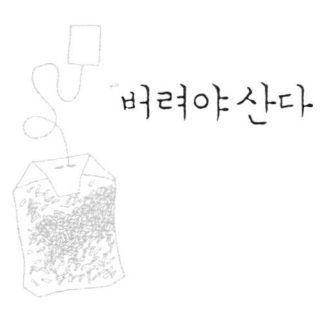

버려야 산다

현대인들은 무엇이든
자꾸만 취하려고만 합니다.
무엇인가를 취하지 않으면 불안해합니다.
도무지 버릴 줄을 모릅니다.
움켜쥐려고만 합니다.
욕망에 사로잡혀 배려할 줄도 모릅니다.
양보할 줄도 모릅니다.
남의 허물을 덮어 줄줄도 모릅니다.
자신의 욕심을 위해서는
정의도 의리도 우정도 사랑도
헌신짝처럼 여깁니다.
이는 지나친 욕망에 사로잡혀 있기 때문입니다.
욕망을 아주 버릴 수야 없겠지만
분수에 넘치는 욕망을 버려야

인간답게 살 수 있습니다.
지나친 허영심, 식을 줄 모르는 탐욕을
마음속에서 버려야 합니다.
그래야 후회가 적은 삶을 살 수 있습니다.

♣*

모든 것을 움켜쥐기만 하는 사람은 인생의 참기쁨을 알지 못합니다. 나누는 기쁨을 알지 못하기 때문이지요. 인생의 참기쁨을 누리며 살고 싶다면 탐욕과 허영심을 버려야 합니다. 그리고 나아진 남을 위해 자신의 것을 나누고 양보하는 미덕을 지녀야 합니다.

할 수 있는 것과 할 수 없는 것

사람에겐 할 수 있는 것과
할 수 없는 것이 있습니다.
자신의 의지로 할 수 있는 것은
할 수 있는 것이지만
키를 크게 한다든가,
부잣집에서 태어난다든가, 하는 것은
자신의 의지로는 할 수 없는 일입니다.
자신의 능력으로 할 수 없는 일을
무리하게 강행하거나
술수를 써서라도 하려는 것은
자신의 인생을 파멸로 몰고 가는 일입니다.
자신의 의지로 할 수 없는 일은
과감하게 포기하십시오.
헛된 일에 시간을 뺏기거나

할 수 없는 일에 매달리는 것처럼

어리석은 일은 없습니다.

하지만 자신의 의지와 능력으로

할 수 있는 일엔 최선을 다해야 합니다.

자신이 할 수 있는 일을 게을리 하는 것은

자신의 인생을 좀먹는 일입니다.

낭비하는 소모적인 인생이 되어서야

어찌 이로운 인생이라 할 수 있겠는지요.

할 수 있는 일엔 최선을 다하고

할 수 없는 일은 과감히 떨쳐버리기 바랍니다.

♣*

무지한 사람은 자신이 할 수 있는 것과 할 수 없는 것을 구별하지 못합니다. 그래서 무턱대고 할 수 없는 것에까지 욕심을 부리곤 하지요. 할 수 없는 것에 대한 과욕을 버리세요. 그것이 자신을 현명하게 하는 일이지요.

시간은 재생할 수 없다

잘못한 일은
얼마든지 고치고 되돌릴 수 있지만
한번 지나간 시간은 재생시킬 수 없습니다.
이미 흘러간 시간을 재생시킬 수 있다면
이런 저런 인생을 살아볼 수도 있겠지만
시간은 흐르는 강물 같아
한번 지나가면 두 번 다시
돌아 오지 않습니다.
시간을 낭비하지 마십시오.
시간을 허투루 낭비하는 것은
소모적인 인생들이나 하는 패악입니다.
시간을 낭비하는 것은
크나큰 죄악입니다.
시간을 절대로 낭비하지 마십시오.

시간을 낭비하는 것은
자신의 삶을 허비하는 것입니다.

♣*

시간을 허투루 쓰는 사람은 자신에게 주어진 소중한 시간을 날려버리는 것입니다. 그것은 자신의 인생을 좀슬게 하는 것과 같지요. 자신에게 주어진 시간을 귀하게 여겨야 합니다. 한번 지나간 시간은 재생이 불가능하니까요.

사색의 힘

사색하는 것을 포기하는 것은
정신적 파산선고와 같은 것입니다.
사색은 정신을 맑게 정화시키는
생명수와 같습니다.
깊은 사색에 잠긴 사람을 보면
무언가 범상치 않은 기운이 느껴집니다.
사색하는 사람에겐 지혜가 넘치고
생각의 중심이 튼튼히 받치고 있기 때문입니다.
그러나 사색하지 않는 사람은
생각의 뿌리가 얇고 부실하여
온당한 인생으로 사는 것이
도저히 불가능합니다.
정신적으로 풍요로운 사람이
온당한 삶을 살 수 있으며

만족을 느낄 수 있습니다.

사색하십시오,

사색하고 또 사색하십시오.

사람은 사색함으로써

더욱 사람다운 사람으로

거듭나는 것입니다.

♣*

생각이 깊은 사람은 함부로 대할 수 없습니다. 그 사람에겐 강한 에너지가 넘쳐흐르기 때문이지요. 사색은 인생을 풍요롭게 하는 마음의 에너지입니다. 사색하십시오. 사색함으로써 진정한 자유를 얻게 될 것입니다.

믿음

사람의 근본은 믿음에서 왔고
그 믿음이 깨어졌을 때
죄의 역사는 시작되었습니다.
죄란 믿음을 깨뜨리는 일이며,
믿음을 회복하는 것만이
죄에서 벗어나는 것입니다.
믿음은 서로의 마음을 화평케 하고
열린 마음으로 세상을 바라보게 합니다.
보이지 않는 것도
믿음의 눈으로 바라볼 때
밝게 보여지는 것입니다.
믿음이 약한 사람은
진실을 바라보는 눈이 어둡습니다.
그래서 진실을 옆에 두고도 참과 거짓을

구별조차 할 수 없습니다.

밝은 마음으로 지혜로운 길을 가기 위해서는

믿음을 쌓아야 합니다.

그래야만 믿음의 눈으로

세상을 바라보게 되고

너와 나 우리 모두의 관계가

원만하고 매끄럽게 전개되는 것입니다.

♣*

믿음은 사람과 사람 사이를 아름답고 부드럽게 만드는 행위입니다. 그런데 믿음을 갖지 못한다면 어떻게 될까요? 사람과 사람 사이가 원만하게 이어 나가려면 믿음이 함께 해야 하지요. 믿음은 서로의 마음을 화평케 하고, 열린 마음으로 세상을 바라보게 하니까요.

자아의 발견

불법과 탐욕은
자아를 잃게 하는 독약과 같습니다.
현시대를 자아상실의 시대라고 하는 것은
자신을 깨닫는 일에 소홀하기 때문입니다.
정신은 피폐하고 진실은 오도되고
사랑은 마른 낙엽처럼 시들고
의지는 바람 앞에 흔들리는
촛불처럼 허약하고
마음은 메말라 모래바람이 부는데도
물질의 풍요에만 취해
무조건 따라가려고 합니다.
그러다 보니
자신의 마음을 살피는 일을 잊고 삽니다.
아무리 물질이 풍요로워도

마음이 풍요롭지 못하면
진정한 행복을 누릴 수 없습니다.
자신을 깨닫는다는 것은
스스로를 맑고 깨끗하게
정화시키는 일이며
풍요로운 인생을 구현하는 일입니다.

♣*

자아는 스스로를 맑고 깨끗하게 하는 일이지요. 자아는 나와 너, 그리고 우리 모두를 따뜻이 배려하게 해줍니다. 조선시대 선비들은 글을 읽고 자신의 마음과 몸을 바르게 했지요. 이처럼 자아는 스스로를 깨달아가는 아름다운 깨우침입니다.

마음을 씻는 일

어둠이 깊게 물든 새벽하늘은
적막하고 고요합니다.
그 미명의 시간에 하늘을 보고 있으면
고요함은 자못 거룩하기까지 합니다.
어둠 속에 피어 있는 수많은 불빛을 바라보면
어둠과 불빛이 어쩌면 저리도
사이좋게 공존할까,
심히 엄숙하기까지 합니다.
생존의 바다에서 날마다 생활하다보면
들어서는 안 될 소리도 듣게 되고
보지 말아야 할 것도 보게 됩니다.
이러한 것들이 마음속에 쌓이다보면
사리분별을 흐리게 합니다.
이런 묵은 마음과 검은 마음을

말끔히 씻어버려야 합니다.
맑은 공기로 더러운 공기를 갈아내듯
기도하고 묵상함으로써
때 묻은 마음, 오염된 생각을 씻어내야 합니다.
맑은 마음으로 사는 것이 행복한 일이며
최선의 삶입니다.

♣*

묵은 마음, 찌든 마음, 텁텁한 마음으로는 생각을 바르게 할 수 없지요.
이런 마음이 있는 한 그 사람은 자유롭지 못합니다. 자신이 진정으로 맑고
깨끗하게 살기를 원한다면 마음을 맑게 씻어내야 합니다. 맑은 마음, 맑은
마음이 참 인간의 마음입니다.

구르는 돌

"구르는 돌은 이끼가 끼지 않는다."
라는 말이 있습니다.
이리저리 구르는 돌엔
이끼가 낄 틈이 없지요.
그러나 한 곳에 박혀 있는 돌이나 바위에는
더러운 이끼가 덕지덕지
붙어 있는 것을 볼 수 있습니다.
사람도 마찬가지이지요.
변화할 줄 모르고 오늘이나 내일이나
늘 같은 자리에 머무른다면
매너리즘에 빠져 허덕이게 되고
구태의연한 생각의 늪에서 헤어나지 못합니다.
이리저리 구르는 돌처럼 항상 깨어 있어야 합니다.
구르는 돌이 반들반들 하듯이

깨어 있는 생각이 새로운 변화를 유도합니다.
변화하지 않는 것은 그것이 사람이든 사회든
더 나은 내일로 갈 수 없습니다.
자신의 인생을 진심으로 사랑하십시오.
자신을 진정으로 사랑할 줄 아는 사람이라야
의미 있는 인생을 살아가게 될 것입니다.

♣*

자신의 삶을 윤택하게 하기 위해서는 자신을 계발하는 일에 열정을 쏟아야 합니다. 자신을 그대로 두면 더 이상 발전된 모습이 될 수 없지요. 아무리 좋은 능력도 자꾸만 갈고 닦아야 제 성과를 냅니다. 구르는 돌이 이끼가 끼지 않는 것처럼 자신을 갈고 닦는 일에 힘쓸 때 능력은 빛을 발하게 되는 겁니다.

자신을 아는 마음

안데르센은
"자기를 아는 것은 참다운 진보다."
라고 했습니다.
남이 아닌 자신이 자신을 판단하는 것은
지극히 어려운 일이지요.
사람은 누구나 자신에겐 관대하기 때문입니다.
자신에게 관대하다보면 자신의 잘못을 합리화시키려하고
반성을 모르는 무분별한 사람으로 변질될 수 있습니다.
스스로 자신의 마음을 들여다보는 것은
매우 어렵고 힘든 일입니다.
남의 허물은 잘 보면서
자신의 티는 잘 보지 못하는 것이
인간들의 최대의 단점이지요.
이러한 단점을 없애기 위해서는

자신을 알아야 합니다.
안데르센의 말처럼 자신이 자신을 똑바로
아는 것이야말로 올바른 마음가짐입니다.
자신을 똑바로 아는 것이 자신을 크게 만든답니다.

★

세상에서 가장 힘든 일은 자신을 아는 일입니다. 스스로 자신의 마음을
들여다보는 것은 매우 어렵고 힘든 일이니까요. 하지만 자신을 제대로 알면
인생을 보다 더 밝고 풍요롭게 살아갈 수 있습니다. 자신을 똑바로 안다는
것은 아름다운 진보입니다.

겨울을 이긴 봄처럼

봄!
봄이라는 계절에서는 생명, 푸름, 시작, 열림,
신선함, 따뜻함의 이미지가 물씬 풍겨나지요.
이처럼 봄이 맑고 아름다운 것은
온갖 것들이 겨우내 고요 속에 묻혀 있다가도
때가 되면 생기 넘치는 생명을 풀어
산과 들을 푸름으로 가득 채우기 때문입니다.
자연은 눈물겨운 인내와 사랑이
봄을 활기차고 눈부시게 만들어
사람들에게 선물합니다.
겨울을 이긴 대자연의 당당함처럼
사람이라면 누구나 자신의 인생을
당당하고 의연하게 만들어가야 합니다.
자신의 인생 앞에 당당하지 못함은

자신의 인생에게 스스로 먹칠을 하는 것입니다.

자신의 인생을 당당하게 하기 위해서는

마음을 굳게 하고

흔들림 없는 철학을 가져야 합니다.

봄 같은 인생이 되십시오.

봄처럼 푸르고 맑은 길을 걸어가는

은혜롭고 따뜻한 인생이 되어야 합니다.

♣*

겨울을 이기고 푸른 잎을 피우는 나무와 풀을 보면 마치 고고한 선비를 보는 것 같습니다. 사람도 이와 같지요. 고난과 역경과 싸워 이기고 승리한 사람을 보면 마치 큰 산을 보는 것 같습니다. 시련과 역경 앞에서도 당당한 큰 산 같은 당신이 되십시오.

삶의 비타민

몸이 건강하려면 음식을 골고루 먹어
몸에 필요한 영양소를 균형 있게 섭취해야 하고
자신의 몸에 알맞은 운동을 해서
근력을 키우고 지구력을 길러야 하지요.
몸이 건강해야 행복한 인생을 꿈꿀 수 있습니다.
마찬가지로
정신이 맑고 마음이 깨끗해야 합니다.
마음이 맑고 깨끗해야 정신이 강건해지고
풍요로운 인생을 살 수 있습니다.
정신과 마음을 맑고 깨끗하게 하기 위해서는
폭넓은 독서를 해야 하고
가끔은 여행도 하고
취미생활과 문화생활을 즐겨야 합니다.
맑은 정신과 깨끗한 마음은

한번뿐인 인생을 넉넉하게 살아가게 하는
없어서는 안 될 삶의 비타민입니다.

♣*

맑고 깨끗한 마음이 삶의 비타민입니다. 그리고 이 비타민이 삶을 강건하
게 해주지요. 독서, 사색, 취미활동, 봉사활동 등도 좋은 영양소이지요. 인
생을 아름답게 살고 싶다면 삶의 비타민을 위해 노력을 아끼지 마십시오.

지금이란 순간을 사랑하십시오.
그리고 이 순간의 강물 위에
당신의 능력을 모두 쏟으십시오.
당신의 빛나는 생을 위하여.
당신이 살아 있음의 소중함에 대하여
매순간 감사하고 또 감사하십시오.

Part 03

감사하라,
지금 내가 이 자리에 있음을

삶의 브레이크

바쁠수록 돌아가라는 말이 있습니다.
바쁘다고 해서 아무 길이나
갈 수는 없는 것이지요.
아무 길이나 가다보면
사고를 당할 수 있습니다.
모든 일엔 순리가 있고,
그 순리를 따라야 평탄하게
자기의 길을 갈 수 있습니다.
그런데 사람들이 많이 하는 실수 가운데 하나가
일을 서두르는 것입니다.
급히 먹는 밥에 체한다는 말이 있듯
급하게 서두르다보면 꼭 문제가 생깁니다.
차가 규정 속도를 어기고 급히 가다보면
사고가 나기 십상인 것처럼

서두르는 일엔 불상사가 따르는 법입니다.

바쁠수록 시간의 브레이크를 밟아야 합니다.

한 템포 늦추고

한번 더 생각해 보는 여유를 가져야 합니다.

시간의 브레이크를 놓칠 때

자칫 자신의 인생도 놓칠 수 있으니까요.

♣*

지금 우리 사회는 하루가 다르게 변하고 있습니다. 이런 변화의 물결 속에서 살아가려면 생각도 행동도 빠르게 변하지 않으면 안 됩니다. 하지만 이런 때일수록 가끔씩 자신의 모습을 살펴보아야 합니다. 자신조차 잊고 살아간다면 참 인생을 잃을 수도 있기 때문이지요.

웰빙

웰빙well-being!

텔레비전, 신문, 인터넷, 각종 매체에는

이 말이 차고 넘쳐

홍수를 이룹니다.

웰빙이란 말의 의미는 참 좋습니다.

그러나 사회에서 요란을 떠는 웰빙은

잘 먹는 것에만 포커스를 맞추고 있습니다.

그러다 보니 보양식 식당이 넘쳐나고,

텔레비전이나 각종 매스컴은

그런 식당들을 앞다투어 소개하느라 목을 맵니다.

먹는 것은 중요합니다.

그러나 잘 먹는 것 못잖게 중요한 것이

정신 건강입니다.

정신의 웰빙!

정신의 웰빙에 힘써야 합니다.
정신을 건강하게 하려면
독서를 하고 음악을 듣고
취미활동을 하고 봉사활동을 하고
사랑을 꾸준히 실천해야 합니다.
정신이 썩으면 영혼이 병들고
영혼이 병들면 삶이 병들게 됩니다.

♣*

먹고살기 힘들어 먹는 것에만 집중하며 살았던 시절이 있었습니다. 먹고 살만 해진 요즘은 어떻게 하면 더 좋은 것, 맛있는 것을 먹을 수 있을까하여 이곳저곳을 기웃거리는 사람들이 많습니다. 먹는 것은 참 중요하지요. 하지만 육신의 건강처럼 마음의 건강을 위해서도 노력을 경주해야 하겠지요.

인생의 느티나무

사람들에겐 저마다 자신을 지탱해주고
자신의 존재가치에 대해
확고한 신념이 되어준
마음의 느티나무가 있습니다.
어떤 이에겐
스승이 그 느티나무일 수 있고,
또 어떤 이에게는 부모, 형제, 친구,
자신이 존경하는 인물,
책과 사상과 종교,
한 편의 시나 글이 그것일 수 있습니다.
그런데 문제는 자신에게
소중한 삶의 가치를 깨닫게 해준
그 느티나무를 잊고 사는 것입니다.
이 세상에 독불장군이란 없습니다.

세상은 서로 다른 사람들끼리

상호작용을 하는 가운데

존속하고 발전하는 것입니다.

자신의 인생에 느티나무가 되어 준

대상을 소중히 여겨야 합니다.

프로타고라스의

"인간은 만물의 척도다."

라는 말처럼

인간은 세상의 중심이며

모든 만물을 가늠하는 바이메탈입니다.

마음의 느티나무가 있어

세상은 보다 아름다운 것입니다.

+*

인생에 지침이 되는 스승과 책, 또는 종교와 신념이 있다면 보다 나은 삶을 살아갈 수 있답니다. 나의 삶의 지침을 정해 마음의 거울로 삼으십시오.

희망을 주는 사람

1.

아무리 칠흑 같은 참담한 상황에서도
두려워하지 말고 꿈을 잃지 말라는
따뜻한 위로의 말을 전해주는 사람.

사랑을 잃고 방황하는 이에게
사랑은 언젠가 더 환한 미소로
당신에게 찾아온다는
향기로운 말을 해주는 사람.

실의에 빠져
깊은 시름에 잠긴 사람에게
"나는 당신이 승리할 것을 믿습니다."
라는 확신에 찬 말을 건네주는 사람.

황무지에서도
풀이 자라고 꽃이 피듯이
믿는 만큼 당신에게 더 큰
희망을 준다는 은혜로운 말을
기쁘게 해주는 사람.

희망을 주는 사람의 눈은
언제나 맑고 선합니다.
그래서 그 사람을 보고 있으면
기분이 좋아집니다.

2.

우리는 서로가 서로에게
"나는 당신을 사랑합니다.
나는 당신을 믿습니다.
나는 당신의 승리를 확신합니다."
라고 희망을 주는 사람이 되어야 합니다.

늘 기쁨을 주는 사람이 되어야 합니다.

기쁨을 주는 사람의 표정은
꽃보다 아름답고 맑습니다.
그래서 기쁨을 주는 사람을 보고 있으면
괜스레 가슴이 따뜻해지고 희망을 품게 됩니다.

희망을 주는 사람은 아름답습니다.
희망은 사랑입니다.

♣*

　누군가에게 희망을 주는 사람의 눈은 별처럼 빛나고, 그 마음은 양탄자
를 깔아놓은 듯 부드럽고 따뜻합니다. 누군가에게 꿈이 되고 힘이 되어줄
수 있는 삶을 산다는 것은, 인간으로서 보일 수 있는 가장 아름다운 행위입
니다.

지금이란 순간의 꽃

기쁘고 충만한 삶을
앉아서 기다리지 마십시오.
기쁘고 충만한 삶은
지금이란 순간을
어떻게 하느냐에 따라
주어지는 진실한 생애의 결실입니다.

당신의 삶이 당신을
축복되게 하기를 원하거든
매순간을 하루같이,
하루를 일 년같이,
일 년을 십 년같이,
십 년을 백 년같이,
아끼고 보듬어야 합니다.

쉽게 오는 즐거움은 요행이니
그것을 조심하십시오.
거저 오는 요행을 기다리는 것은
당신의 마음을 병들게 하고
당신의 고귀한 능력을 빼앗아버리는
무서운 독버섯 같은 것입니다.

땀을 흘리고
몸을 움직이고
눈동자를 번뜩여
창의력을 발휘할 때
당신의 삶도
미소 지으며 올 것입니다.

♣*

지금이란 순간 순간이 모여 미래가 되고 꿈이 됩니다. 그런데 어떤 이들은
지금이란 순간이 영원할 것처럼 흘려 보냅니다. 지금이란 지나가면 과거일
뿐 더 이상의 지금은 없습니다. 당신의 미래가 정녕 아름답기를 소망한다면
당신의 지금을 소중하게 사랑하십시오. 미래는 그런 당신을 원한답니다.

향기가 나는 사람

향기가 나는 사람을 보면
사람 사는 행복이 느껴지고
그 사람 옆에 같이 있는 것만으로도
기분이 좋아집니다.
향기가 나는 사람은 남을 편안하게 하고
배려하는 마음이 풍부하며
좋은 분위기를 위해서라면
자신을 양보할 줄도 압니다.
향기가 나는 사람은 늘 같은 모습을 하고
변덕을 부리거나 이기적이지 않으며
나와 너의 관계를 일정하게 유지하며
공존을 하는 아량을 베풉니다.
향기가 나는 사람을 보면
눈이 맑고 웃음이 밝으며

내미는 손길에 따스함이 배어있습니다.

가슴을 포근하게 하고

헤어졌다 다시 만나도

이내 처음 본 듯 상큼하게 다가옵니다.

향기가 나는 사람이 되어야 합니다.

나의 향기는 상대방에게 주고

상대방의 향기는 내가 받아들여

늘 서로를 다독이며 격려함으로써

삶이 아름다운 은총이라는 것을

가슴이 시린 이들이나

사랑이 그리운 이들에게 전해주어야 합니다.

♣*

그 사람하고 함께 있으면 늘 즐겁고, 이 시간이 영원했으면 하고 바라게
하는 사람, 꽃이 향기를 주듯 꿈의 향기를 주는 사람, 당신은 그런 사람이고
싶지 않으십니까? 그런 사람이 진정 향기로운 사람입니다.

슬픈 삶

오지 않을 사람을 기다리는
슬픔보다 더 큰 슬픔은
자기 자신을 잊고 사는 삶입니다.
자신을 잊는다는 것은
소멸을 말하며
소멸은 자신의 존재를
추락하게 하는
모순을 말합니다.
추락하는 삶을 원하는
사람은 없을 것입니다.
추락하지 않는 삶을 살아가려면
끊임없이 탐구하고
자신을 부지런히 독려해야 합니다.
자신의 삶을 그대로 둔다는 것은

자신에 대한 모욕입니다.
스스로를 모욕하는 어리석음을
저지르지 않는
지혜롭고 현명한 길을 가야 하겠습니다.

♣*

나는 지금 왜 이 길을 가고 있는가? 하는 생각을 가끔은 할 필요가 있습니다. 자신의 존재를 알 때 보다 나은 자신으로 살아 갈 수 있기 때문이지요. 소크라테스의 '너 자신을 알라!' 는 말도 자신의 존재에 대한 성찰을 말하지요. 존재를 잊지 않도록 때때로 자신의 지금을 되돌아보십시오.

겨울나무

겨울나무를 바라보면 순박하고
겸손하다는 것을 알 수 있습니다.
겨울나무는 서로를 품어줌으로써
한겨울을 이겨냅니다.
어리석고 탐욕스러운 구석이라고는
그 어디에도 없습니다.
마치 의연한 수행자와도 같은 모습입니다.
비어서 아름다운 겨울나무,
그 겨울나무들 사이로
파란 겨울하늘이 웃고 있습니다.
겨울나무가 겨울산을 에워싸고 있습니다.
겨울산은 겨울나무로 둘러싸여 행복합니다.
겨울나무는 겨울산이 품어주어 따뜻합니다.
아무것도 할 수 없을 것만 같은 겨울나무는

봄이 오면 어김없이 새로운 생명을 탄생시킵니다.
창백한 시간 속에서도 끊임없이 꿈을 엮어
빈 들판을 따뜻하게 하는 겨울나무처럼
사랑하는 이들에게 그 무엇이 되어야 합니다.
누군가의 생에 의미가 되어주는 사람은
꽃보다 아름답고 별보다 영롱합니다.

♣*

모든 것을 다 주어버린 겨울나무. 앙상한 가지만 남아 눈이 펄펄 내리는 한겨울에도 묵묵히 내일을 꿈꾸는 겨울나무. 겨울나무를 보면 마치 성자의 초연함이 있습니다. 자신을 던져 누군가에게 숭고한 의미가 될 수 있다면 그 사람은 겨울나무와 같은 초연한 성자입니다.

목숨 꽃

살아 있는 것들의 고요히 내쉬는
숨소리를 들어보십시오.
살아 있는 것들은 저마다의 빛깔과
향기와 소리를 가지고 있습니다.
그 빛깔의 향기와 소리가 만들어내는
자연의 질서와 우주의 오묘함은
또 다시 끝도 없는 호흡과 빛과
소리를 만들어냅니다.
살아 있는 모든 것들은 저마다의 숨결로
삶을 만들어갑니다.
그 뜨거운 삶을 만들어내는
저 조화로운 생명의 소리를 들어보십시오.
그 소리는 저마다의 이름을 갖고
목숨 꽃으로 피어나느니

살아 있는 것들은 그 얼마나 아름다운가요.
아름다운 인생을 영위한다는 것은
최선의 가치를 부여받는 일이며
최선의 가치를 부여 받는 것이야말로
뜨거운 생명으로 거듭나는
귀하고도 성결한 행위입니다.

♣*

살아 있는 것처럼 아름다운 것은 없습니다. 살아 있다는 것은 그 자체만
으로도 아름다움이니까요. 하지만 이 아름다운 목숨을 소홀히 흘려보낸다
면 어찌 될까요? 그것은 자신에 대한 배반입니다. 그것을 잊지 마십시오.

길 위의 길을 가듯

사는 것에 익숙해지는 것은
그 삶을 진실로 사랑할 수 있을 때입니다.
삶에서는 어느 것 하나
저절로 이루어지는 것이 없습니다.
땀방울 없이 빛나는 삶을 차지한다는 것은
이루어질 수 없는 허구입니다.
구름에 가려져도 태양은 빛나고
바람에 나부껴도 잎새는 푸르듯
삶을 유지하느라 그대 손길이 야위었다면
고요한 마음으로 하늘을 보십시오.
길은 가도 끝이 없고
발걸음을 바삐 움직일 때
생은 아름다운 것입니다.
길 위의 길을 가며

사는 것에 익숙해지는 것은
그 삶을 진실로 바라볼 수 있을 때입니다.

♣*

행복으로 충만한 인생을 거저 얻으려 하지 마십시오. 그렇다고 해서 오는
것은 아니니까요. 그 어떤 행복도 저절로 이루어지는 것은 없습니다. 비록
작은 가치를 지닌 그 어떤 결과라 할지라도 그것은 간절함과 정성의 산물입
니다. 작은 것 하나에도 열정을 다 바치는 삶이 행복한 삶이랍니다.

아픔을 두려워하지 마라

아픔을 두려워 마십시오.
주어진 길을 걸어가는 동안
아픔 없이 이루어진 것이
어디 하나라도 있는가 보십시오.
새봄 푸르른 날
나무들이 꽃을 피울 수 있는 건
혹독한 겨울의 아픔을 온몸으로
견뎌냈기 때문입니다.
자신을 아름답게 꽃피우길 원한다면
스스로를 단련시켜야 합니다.
자신을 단련하다보면 슬픔도 겪게 되고
고독의 그림자에 싸이고 절절한 외로움에 갇혀
울부짖는 이리와 같이
절망할 때도 있을 것입니다.

그러나 참고 견딜 줄 알아야 합니다.

견뎌내지 못하는 삶은

오래도록 행복을 유지할 수 없습니다.

아픔을 두려워하지 마십시오.

아픔도 지나고 나면 희망입니다.

♣*

세상에 존재하는 그 어느 것도 아픔 없이 이루어진 것은 없습니다. 아픔을 견디어냈기에 세상은 아름다운 것이지요. 아픔이 당신을 힘들게 할지라도 견디어 내십시오. 아픔을 통해 더욱 단단한 당신이 될 테니까요.

그래도 봄은 온다

지난 겨울이 아무리 춥고 참혹해도

슬픔이 눈물꽃으로 피어나도

달꽃 같은 봄은 열일곱 갈래머리

맑은 눈망울로 옵니다.

돌돌돌 개울물소리는

잠자는 대지를 흔들어 깨우고

실눈을 뜨고 봄 하늘을 바라보는

가녀린 풀꽃 눈 속엔 강한 의지가 번뜩입니다.

지난 겨울이 그 아무리 혹독하고 쓸쓸해도

환하게 열리며 봄은 옵니다.

봄이 오지 않는다면 혹독한 겨울을

이겨낼 수 없을 것입니다.

이와 마찬가지로 희망이 없는 삶은

더 이상 살 가치를 주지 않습니다.

하지만 희망은 스스로 만들어내는 것이기 때문에
혹독한 시련과 슬픔과 두려움을 극복하고
찬란한 인생을 꽃피우게 되는 것입니다.
봄이 생명의 부활로 창조의 근원으로
어둡고 칙칙했던 지난날을 따스하게 끌어안으며
가장 행복한 모습으로 우리 곁으로 오는 것처럼
우리도 인생의 따뜻한 봄을 맞이해야 합니다.
혹독한 슬픔 속에서도 아름다운 미래는
기지개를 켜며 다가오는 것이니까요.

♣*

아무리 혹독했던 겨울도 지나가면 따스한 봄이 오지요. 아무리 고단했던
삶도 지나가면 푸른 잎을 단 여름나무처럼 풍성해지지요. 다만 내가 어떻게
하느냐에 따라 결정되겠지만. 그 어떤 절박함 앞에서도 기죽지 말고 당당하
게 서야 하겠습니다.

나목

벗어서 흉한 것이 있는가 하면
벗어서 아름다운 것이 있습니다.
저 겨울 나목을 보십시오.
나목은 차가움 속에
따뜻한 생명을 품고 있습니다.
모진 추위가 고통을 주고
뒤흔들어대며
견딜 수 없는 참혹한 아픔을 주어도
절대로 비명을 지르지 않습니다.
묵묵히 성자의 모습으로 서서
오고가는 세월을 말없이 감싸 안으며
따스하게 보듬어줍니다.
차디찬 겨울 하늘을 받치고 서 있는
저 거룩한 묵념 앞에

누가 비웃음을 던질 수 있단 말인가요.

참담한 시련 속에서도

자신을 지켜내고 마침내

일어서고야마는 인생은 얼마나 아름답습니까.

겨울 나목 같은

견고한 인생이 되어야 합니다.

♣*

　모두를 벗어버린 겨울 나목. 그런데 왜 그렇게 아름답게 다가오는 것일까요. 나목을 보면 한없이 부끄러워질 때가 있습니다. 그것은 자신의 삶이 온전하지 못하기 때문이지요. 겨울나목 같은 인생, 아, 그런 인생이고 싶습니다.

삶이 아름다운 이유

살아 있다는 것은 즐거운 일입니다.

살아 있다는 것은 생명이 넘치는 일입니다.

살아 있다는 것은 기쁜 일입니다.

살아 있다는 것은 신나는 일이지요.

살아 있음으로 오늘을 살고

내일을 향해 가는 것입니다.

살아 있다는 것은

밝고 환한 세상을 보는 일입니다.

살아 있는 것들을 보십시오.

모두가 하나같이 어여쁘군요.

모두가 하나같이 생동감이 넘치는군요.

살아 있다는 것은 감사한 일입니다.

살아 있다는 것은

그것만으로도 고귀한 은총입니다.

살아 있다는 것은 즐거운 일이고, 행복한 일이지요. 그런데 우리는 그것을 잊고 삽니다. 좀 더 갖기 위해, 좀 더 남보다 낫기 위해 자신을 혹사시키며 남에게 상처를 주기도 합니다. 건강을 잃어 본 사람은 말합니다. 살아 있는 것만으로도 축복이라고. 그것을 잊어서는 안 된다고 힘주어 말합니다.

말의 힘

할 말이 있어도 몇 번이고 되짚어 보고
그러고도 다시 또 되짚어 보고
그러고 나서 입을 열어야 합니다.
좋은 말은 기쁨이 넘치는 표정으로 말하고
나쁜 말은 가려서 하며
편안한 얼굴로 건네야 합니다.
칭찬의 말을 들었을 땐
자신을 너무 드러내지 말고
듣기 싫은 말을 들었을 땐
성냄을 더디 하고
같은 말이라도 가려서 하는
지혜를 구해야 합니다.
한마디 말은 사람을 살리기도 하고
또한 죽이기도 합니다.

세상에서 가장 무서운 것은

총도 아니고 핵폭탄도 아닙니다.

그것은 바로 일상에서 무심코 내뱉는 말입니다.

말은 조심스럽게 해야 합니다.

역사는 말 속에서 이루어지고

말로 이어져 내일로 갑니다.

역사는 무수한 말들의 기록입니다.

말은 인간의 궤적을 그려가는

위대한 유산이며 문명의 근원입니다.

♣*

따뜻한 한마디 말은 희망을 주고 용기를 줍니다. 하지만 상처를 주는 말 한마디는 고통을 주고 시련을 안겨주지요. 말을 할 땐 좀 더 신중히 하고, 희망을 주는 말을 해야 합니다. 말 한마디가 사람을 살리기도 하고, 죽게도 하니까요.

따뜻한 밥은 위대하다

따뜻한 밥은 종교보다 깊고 엄숙합니다.

밥은 인간의 원초적 본능보다 우선합니다.

한 그릇의 밥을 깔보지 마십시오.

한 그릇의 밥 속엔 과거와 현재와 미래와

온 우주의 숨결이 스며 있고

창조주의 긍휼과 은총이 알알이 맺혀 있습니다.

한 그릇의 밥을 무시하지 마십시오.

밥은 권력을 능가하여 많은 권력자들이

그 앞에 무참히 쓰러졌습니다.

밥은 삶의 율법입니다.

한 그릇의 밥 앞에 만인은 평등해야 합니다.

이 규율이 깨어졌을 때 세계의 역사는

여지없이 무너져 내렸습니다.

부끄러움 없이 밥을 먹을 수 있다는 것은

정녕 행복한 일입니다.

때때로 삶이 낯설게 느껴진다는 건

삶이 떳떳치 못할 때입니다.

밥 앞에 부끄러움이 없어야 합니다.

밥 앞에 떳떳하게 일어설 수 있는 자가

성공한 인생입니다.

따뜻한 마음으로 밥을 먹어야 합니다.

감사한 마음으로 미소를 지으며

밥을 주신 은총에 감사해야 합니다.

따뜻한 밥은 종교며 본능이며 미래입니다.

따뜻한 밥은 위대합니다.

그러므로 한껏 머리를 숙여 경배해야 합니다.

♣*

따뜻한 밥 한 그릇이 얼마나 소중한 지를 경험한 사람들은 압니다. 밥 앞에 떳떳한 사람이 되어야 합니다. 밥은 종교 보다 거룩한 인간의 본능입니다.

흐르는 강물처럼

유유히 흘러가는 강물을 보면

넉넉한 마음이 들고

새벽안개에 휩싸인

해 뜨기 직전의 강을 보면

그 황홀한 운치에 넋을 잃곤 합니다.

강물이 아름다운 건

이런 외적인 모습뿐만이 아니라

한 곳에 머물지 않고

끊임없이 새로운 곳을 향해 흘러가며

수많은 생물들에게

생명을 주기 때문입니다.

변화할 줄 모르고

그 자리에 머무르는 삶은

호흡을 멈춘 목숨과 같고

미래가 없는 내일과 같습니다.

강물이 지나치는 곳엔

반드시 생명이 싹트고 숨을 쉬듯

우리도 끊임없이 변화해야 합니다.

변하지 않는 삶은

살아 있어도 더 이상이 발전이 없습니다.

변화하는 삶은

살아 있는 생명력 그 자체입니다.

♣*

흐르는 강물을 말없이 바라본 적이 있습니다. 내 목숨 같은 사랑을 잃고, 쓸쓸해서 너무도 허무해서 바라보는 데 강물이 말했습니다. '나처럼 살아라, 욕망을 버려라, 지금의 너를 사랑하라.' 나는 사랑을 잃고나서야 사랑을 알았습니다.

때

사마천은 이르길
"때는 얻기 힘들고 잃기 쉽다."
라고 했습니다.
이는 기회란 쉽게 오는 것이 아니고
어쩌다 찾아와도 자칫 놓치기 쉽다는 말입니다.
우리는 단 한번뿐인 인생을 살아가는
유한한 존재입니다.
그래서 어떨 땐
두 번이고 세 번이고 살아보았으면 하는
이룰 수 없는 생각에 빠지곤 합니다.
그러나 이는 헛된 꿈에 불과합니다.
그러기에 삶은
더없이 소중하고 아름다운 것입니다.
그런데 허망한 꿈을 찾아 인생을 허비하고,

허영과 탐욕에 들떠

사치와 낭비 속에 빠져 지낸다면

그것은 자신에 대한 모독이며 배신행위입니다.

기회는 때를 잘 살리려고

노력하는 자에게 찾아옵니다.

그 어떤 것도 그냥 쉽게 오지 않습니다.

♣*

많은 사람들이 부자를 꿈꿉니다. 행복을 꿈꾸고 사랑을 꿈꾸고 오래 살기를 꿈꿉니다. 그런데 그에 걸맞는 노력 없이 꿈이 찾아오기를 기다립니다. 이런 기다림은 아무 의미가 없지요. 꿈을 위해 의미 있게 행동해야 합니다.

최선의 삶

"그날그날이 최후의 날이라고 생각하라.
그렇게 하면 뜻하지 않은 오늘을 얻어
기쁨을 갖게 될 것이다."
호라티우스의 말입니다.
그렇습니다.
하루하루를 최후의 날이라고 생각하며
최선을 다하며 사는 사람에겐
기쁨의 선물이 찾아오지요.
하지만 가만히 있는 사람이 좋다고
찾아오는 선물은 없습니다.
매순간을 힘써 행하지 않으면
작은 것 하나라도 손에 쥘 수 없으니까요.
설령, 성과가 밋밋하더라도 최선을 다했다면
그것은 부끄러운 일이 아닙니다.

자신에게 부끄럽지 않게
최선을 다하는 사람이 되어야 합니다.

🍁*

자신에게 떳떳한 사람은 자신에게 부끄럽지 않습니다. 하지만 자신에게
떳떳하지 못하면 그 사람은 자신에게 부끄러운 사람입니다. 매 순간에 최선
을 다해야 하겠습니다.

삶의 기술

"자신이 소유한 것,
운명이 자신에게 준 것에
만족하지 못하는 사람은
'삶의 기술' 을 알지 못하는 자다.
자신이 소유한 것에 만족하고, 삶이 자신에게
주지 않는 것을 불평하기보다는
삶이 자신에게 준 것을
소중히 여기는 사람은 '삶의 기술' 을 아는 자다.
그가 바로 덕을 갖춘 인간이다."
고대 그리스 스토아학파 철학자
에픽테토스의 말입니다.
많은 사람들이 자신에게 주어진 것보다
더 많은 것을 가지려고 합니다.
모든 불행은 더 많은 것을 소유하려는 데서 옵니다.

불만을 토로하는 사람의 입에서는

악취만이 쏟아지지만

긍정적인 말을 하는 사람의 입에서는

향기가 쏟아져 나옵니다.

스스로 만족하는 삶의 기술을 익혀야 합니다.

스스로 만족함을 아는 사람은

불행을 느낄 겨를이 없습니다.

왜냐하면 그는 행복의 가치를 잘 아는 까닭입니다.

♣*

사람들은 자신의 삶보다 남의 삶을 더 부러워하곤 하지요. 하지만 자신에게 주어진 삶을 잊어서는 안 됩니다. 각자에게 주어진 삶을 위해 살아가는 것이 각자의 몫이기 때문입니다. 그것을 잊을 때 불행이 찾아온답니다.

이성

이성이 마비되면
살아도 죽은 거와 같습니다.
마치 호흡은 하되 뇌사상태와 같은 것이지요.
이치를 깨달아 가는 노력은
삶의 과정이자 궁극적으로는 목적입니다.
새로운 깨달음이 없다면
지금보다 더 나은 인생이 될 수 없습니다.
깨달음이 없는 인생은 금수와 다름이 없습니다.
자신이 가는 길을 알고 가는 사람의
눈동자는 호수처럼 맑고
의지는 하늘을 향해 뻗어 있고
발걸음은 날렵한 사슴과 같고
몸가짐은 푸른 대나무처럼 반듯합니다.
자신의 인생 앞에 부끄럽지 않으려면

부지런히 배워 익히십시오.

그리고 항상 자신을 돌아보십시오.

이성은 인생의 빛이며 깨달음의 거울입니다.

♣*

　이성을 잃고 산다면 산더미 같은 금은보화가 무슨 소용이며, 마천루와 같은 빌딩을 소유한들 무슨 행복이겠는지요. 이성이 떠난 삶은 진실이 없는 외침과 같습니다. 깨달음이 없는 인생은 금수와 다름이 없으니까요.

긍정의 눈

사물을 바라볼 땐 긍정적인 마음과
따스한 눈길로 바라보십시오.
사물 하나하나를 사랑하는 마음으로 대하면
모든 것을 존귀하게 여기는
마음이 길러집니다.
사랑스런 마음으로 꽃을 대하면
꽃은 더 고운 향기를 선물합니다.
나무들도 사랑하는 마음으로 대하면
더 많은 열매를 맺고 맛도 좋다고 합니다.
긍정적인 마음은 사랑에서 옵니다.
또한 사랑하는 마음을 가지면
긍정적인 사람으로 변화합니다.
어떤 관점으로 대상을 대하느냐에 따라
사람들의 마음도 생각도 달라지는 것입니다.

지금보다 나은 내일을 기대한다면
부정적인 생각의 옷을 벗어버리십시오.
부정적인 마음은 창조적인 생각을 가로막고
부정적이고 편협한 사람으로 만듭니다.
성공적인 인생이 되고 싶다면
매사를 긍정적인 마음으로 대하기 바랍니다.
긍정적이고 능동적인 마음은
성공을 이끌어 내는 강력한 꿈의 에너지입니다.

♣*

부정적인 생각은 할 수 있는 일도 막아버리고, 무능력한 사람이 되게 하지요. '안 돼, 할 수 없어!'라는 말 따위는 입에 담지도 말고 생각지도 마십시오. 오직 긍정적인 생각을 하십시오. 긍정적인 생각이 자신을 바꾸고 세상을 바꾸지요.

관용

자신의 기준으로 상대방을 쉽게
판단하지 말아야 합니다.
자신의 입장에서만 바라보는 생각은
항상 위험성을 갖고 있습니다.
상대방의 입장을 이해하는 마음은
상대방과 동지가 될 수 있게 해줍니다.
남을 함부로 비판하는 것은 오만한 일이며
자신을 부정적인 사람으로 만듭니다.
만약 자신이 그 누군가로부터
비판받는다고 생각해 보십시오.
불길같이 치솟는 분노를 느끼게 될 것입니다.
너그러운 마음으로 상대방을 대하면
상대방도 감동하게 되어
당신을 영원히 잊지 못할 것입니다.

항상 마음을 너그럽고 풍족하게 만드세요.

풍요로운 마음은 아름다운 배려이며

관용을 길러주는 근본입니다 .

자신이 누군가에게 오래도록 기억되고 싶다면

관용을 기르기 바랍니다.

관용은 최고의 이해심을 불러일으키는 근본입니다.

♣*

군자는 무엇보다 관용이 있어야 합니다. 관용은 모두를 하나가 되게 하는 아름다운 정신입니다. 학식이 높고 권세를 가졌어도 관용이 없으면 명망가가 될 수 없지요. 관용은 너그러운 사랑입니다.

가장 좋은 벗

세상에서 가장 좋은 벗도 자기 자신이며
가장 나쁜 벗도 자기 자신입니다.
이렇듯 사람은 양면성을
동시에 지니고 있는 존재입니다.
어느 쪽에다
자신의 생각을 두고 사느냐에 따라
빛나는 인생이 될 수도 있고
캄캄한 인생이 될 수도 있습니다.
자신의 마음속에 사과나무를 심느냐
가시나무를 심느냐는 결국
자신 스스로에게 달려 있는 것입니다.
좋은 벗은 나를 위험에서 건져주며
허망한 일에 미혹되지 않게 손을 잡아주지요.
그러나 나쁜 벗은 나에게 아픔을 주고

그릇된 삶의 강가로 끌고 가 빠트리지요.
삶의 이치가 이러하듯이
자신 스스로에게 가장 좋은 벗이 되어야 합니다.
그러기 위해 자신을 냉정하게 바라보고
자신의 실수에 관대하지 말아야 합니다.
참다운 인생은 스스로에게
가장 좋은 벗으로 사는 사람입니다.

♣*

자신을 아는 것처럼 쉬운 일은 없습니다. 그러나 그 보다 어려운 일 또한
없습니다. 자신을 안다는 것은 모두를 아는 일입니다. 자신을 똑바로 알기
위해서는 자신에게 엄정해야 합니다. 그래야 모두를 이해하게 되지요.

짧은 인생 긴 인생

인생을 짧다고 생각하는 사람은

그만큼 행복에 젖어 사는 것이고

인생이 길다고 생각하는 사람은

그만큼 지겨운 삶을 사는 것입니다.

사는 일이 즐거운 사람에겐 일초도 아깝지만

고통으로 느끼는 사람에겐

하루하루가 무의미하게 여겨질 것입니다.

인생을 짧다고 여기는 삶을 살기바랍니다.

인생이 길다고 불평하고 타박하는 것은

자신을 비참하게 할 뿐입니다.

시간이 빠르게 지나감을 안타깝게 여기십시오.

인생이 즐겁고 행복하고 생동감이 차고 넘치는 것은

그 무엇보다도 아름다운 축복입니다.

시간이 천천히 지나간다고 불평하지 마십시오.

인생을 지루하다고 느끼는 사람치고
자신이 행복하다고 여기는 사람은
단 한 사람도 없다는 사실을 잊지 말기 바랍니다.

♣*

행복한 사람은 시계를 보지 않는다는 말이 있습니다. 행복한데 시계를 볼
필요가 없다는 거지요. 그것조차도 행복을 방해한다고 믿으니까요. 인생의
매시간이 짧다고 여기는 삶이 진정 행복한 삶입니다.

감정의 위험성

나쁜 감정은 즉흥적이고 자기도취에
빠지게 해 판단을 흐리게 하지요.
또 이성을 마비시켜
자기의 노예로 만들어 버립니다.
좋은 감정은 향기가 되지만
오만한 감정은 오물이 되지요.
즉흥적이고 자기도취에 빠지면 안 됩니다.
즉흥적인 자기감정에서 벗어나지 못하면
순리를 그르치게 되고 편협된 생각을 쫓아
자신이 가야할 길을 놓치게 되지요.
그릇된 감정은 마치 폭탄을 품고 있는 거와 같습니다.
지독한 감정에 치우치지 마십시오.
자신을 넘어서는 인생이 되기 바랍니다.
자신을 넘어서는 일은 지극히 힘들고 어렵지만

빛나는 인생으로 살아가길 원한다면
이성에 따라 생각하고 행동해야 합니다.
그것만이 자신을 헛된 감정으로부터 벗어나게 해
행복한 인생으로 살아가게 해줍니다.

♣*

　감정적인 사람은 거울을 보고도 자신을 보지 못합니다. 감정에 빠져 자신의 모습을 인식할 수 없기 때문이지요. 이처럼 나쁜 감정은 이성을 잃게 해 사리분별을 잘못 흐르게 하지요. 그래서 감정을 조절하는 능력을 길러야 하는 것입니다.

강물은 거꾸로 흐르는 법이 없습니다
강물이 거꾸로 흐르는 것은
사람들이 인위적으로
물길을 막아 놓았을 때입니다
강물은 늘 일정한 방향으로 흐릅니다
강물이 강물인 까닭은
순리를 거역하지 않고 질서를 지키는 데 있습니다

Part 04

소망하라,
그대가 바라는 모든 것들을

오늘

오늘은 어제와 내일을 이어주는
시간의 징검다리입니다.
오늘이 있어 이상을 품고
먼 미래를 향해 나아가는 것입니다.
오늘이 지나가면 더 이상 오늘이 아니라
이미 과거입니다.
수많은 오늘이 우주를 만들고
생명을 만들고 역사를 이룹니다.
한번뿐인 인생을 활짝 꽃피우기 위해서는
희망의 날개를 달고
견고하고 흐트러짐 없는 열망으로
내일을 향해 나아가십시오.
오늘은 참 아름답고 귀중한 시간입니다.
오늘은 누구의 것도 아닌 우리 모두의 것입니다.

오늘을 위해 당신의 열정을 바치십시오.

오늘 속에 영원이 있고,

영원 속에 오늘은 가는 것입니다.

날마다 새로운 오늘을 위해 최선을 다하십시오.

날마다 새로운 오늘을 목숨처럼 사랑하십시오.

♣*

오늘은 더 이상 없습니다. 한번 지나가면 또 다른 오늘이 있을 뿐이지요. 그렇기에 오늘은 참 소중한 시간입니다. 하루하루의 오늘을 귀중하게 여기십시오. 시간을 잘 쓰는 자가 결국 승리를 하는 법이지요.

아름다운 협력자

산이 아름다운 것은
갖가지 생물들을 자신의
넓은 가슴으로 품어주기 때문입니다.
산엔 물푸레나무, 떡갈나무,
소나무, 참나무를 비롯한 수많은 나무들과
초롱꽃, 패랭이꽃, 구절초, 진달래 등
많은 꽃들로 가득 채워져 있습니다.
산은 살아있는 자연의 생명들을
서로 품어주고 안아주어
사람들에게 위안을 줍니다.
사람들은 지친 몸과 마음을 위로받기 위해
수시로 산을 찾아갑니다.
그때마다 산은
두 팔을 벌려 안아줍니다.

조화로운 질서를 가르쳐 줍니다.

사랑하고 협력하는 지혜를 가르쳐 줍니다.

서로 협력하지 못하는 것은

더 이상 존재의 의미가 없습니다.

서로에게 따뜻한 위안이 되어주는

아름다운 삶의 협력자가 되어야 합니다.

그것이 더욱 행복해지는 일입니다.

♣*

아름다움은 조화로움 속에서 이루어지지요. 나와 함께 하는 것들이, 그것이 사람이든, 일이든, 예술이든, 그 무엇이든 조화롭게 어울려야 합니다. 조화로움에서 벗어나면 그 어떤 것도 온전할 수 없답니다. 아름다움은 조화로움입니다.

자신의 적은 자신이다

잘못된 습관,
잘못 길들여진 타성은
마음의 눈을 흐리게 합니다.
그러나 올바른 습관은
마음을 맑고 깨끗하게 합니다.
마음의 눈이 밝으면 이치에 밝고
삶을 깊이 있게
들여다보는 안목이 길러집니다.
가장 무서운 적은 타인이 아니라
자신에게 끝도 없이 관대한 것입니다.
자신에게 관대하다보면
그릇된 판단과 편견으로
불의에 빠져
잘못된 일에도 반성할 줄 모르고

교만해지는 우를 범하게 됩니다.
자신에겐 엄정하고
타인에게 관대해야 합니다.
자신의 최대의 적은 곧 자신입니다.

♣*

자신에게 가장 위험한 적도 자신이고, 가장 너그러운 아군도 자신이지요. 게으름과 나태함, 무질서한 생활, 나쁜 습관 등은 위험한 적입니다. 자신이 원하는 것을 얻고 싶다면 자신의 적을 이겨야 합니다. 그렇지 않고는 절대로 원하는 것을 얻을 수 없습니다.

품격의 향기

꽃이 아름다운 건 싱싱하게 피어
매혹적인 향기를 뿜어내기 때문입니다.
그러나 시들고 썩어지는 순간
더 이상 아름다운 꽃이 아닙니다.
아름다움이 시드는 그 순간
단지 쓰레기에 불과합니다.
사람에게 있어 향기는
그 사람의 인격입니다.
인격이 잘 갖춰진 사람의 향기는 감미롭습니다.
반듯한 행동거지
교양 있는 부드러운 말씨
따뜻한 인간미
상대방을 배려하는 마음
상대방에 대한 예의

이것이야말로 갖추어야 할
바람직한 인격입니다.
인격은 곧 품격의 향기입니다.

♣*

사람들이 꽃을 좋아하는 건 향기로운 향기 때문입니다. 꽃에 향기가 없다
면 아무리 자태가 곱고 예뻐도 잠깐뿐이지요. 사람도 마찬가지입니다. 아무리
학식과 지위가 높다해도 품격이 없다면 그 사람을 낮춰보게 된답니다.

하늘이 아름다운 까닭

하늘이 아름다운 것은
많은 사람들이
하늘을 바라보기 때문입니다.
만일 하늘이 아름답지 않다면
고개를 뒤로 젖혀
하늘을 바라보지 않을 것입니다.
아름답지 않은 것을 보는 것은
곤혹스러운 일일 수도 있으니까요.
사람도 마찬가지입니다.
자신이 좋아하는 사람은 언제보아도
싫증이 나지 않습니다.
만나면 늘 처음인 듯 가슴 설레며
함께 있고 싶어집니다.
어디 그뿐인가요.

말없이 바라만 보아도 행복합니다.
이렇듯 우리는 서로가 서로에게
아름다운 하늘이어야 합니다.
그래야 지치고 힘들 때
서로 기대고 위로해 줄 수 있는
조력자가 될 수 있습니다.

♣*

눈부시게 푸르고 아름다운 하늘을 보면 가슴이 저미며 눈물이 날 때가 있습니다. 그 하늘을 바라본다는 것이 어찌나 감사한 일인지 잘 아는 까닭입니다. 살아 있다는 것, 그래서 저토록 푸른 하늘을 바라볼 수 있다는 것이 지금의 나를 자각시키기 때문이지요. 자각하며 산다는 것은 인간의 본령입니다.

오만과 편견

인생을 살면서 깨닫게 되는 것은
세상으로부터 갖게 되는 편견이
얼마나 모순된 일인가,
하는 것입니다.
편견을 갖는 사람들은 대개
그 편견으로 인해 구속을 받게 됩니다.
자신이 파 놓은 구덩이에
자신이 빠지는 어처구니없는
상황에 봉착하는 것이지요.
편견은 불편한 오해입니다.
편견엔 한 치의 배려도 없습니다.
그저 자신의 생각만 있을 뿐입니다.
편견은 독과 같은 것입니다.
편견을 깨지 않는 한

자신도 상대방도 편견의 독에 취해
허우적거리게 됩니다.
편견은 멀쩡한 사람을 바보로 만드니까요.
이것이 바로 편견이 갖는 불행입니다.
오만과 편견,
이를 반드시 경계해야 합니다.

♣*

친구와 친구 사이, 스승과 제자 사이, 부모와 자식 사이, 부부 사이에 오
만과 편견이 있다면 더 이상의 행복을 바라지 마십시오. 오만과 편견 사이
에서는 절대로 행복이 존재할 수 없으니까요. 그러므로 오만과 편견을 버려
야 합니다.

선비정신

선비정신은 한국인 고유의 정신입니다.
불의 앞에 굴하지 않고,
곧은 지조와 절개를 목숨처럼 여기고,
의리와 신의를 위해 생명까지 바치는
강인한 정신이 바로 선비정신입니다
그러나 맑고 곧은 선비정신이
우리 생활에서 떠난 지 오래입니다.
선비정신이 사라지자
지조도 절개도 의리도 신의도
바람처럼 떠나가고
자신의 유익을 위해서라면
간과 쓸개까지 빼 바치는 걸
지혜라고 여기는 사람들이 있습니다.
이 무슨 해괴망측한 생각인지요.

이런 생각이 사람들의 마음을
어지럽히고 판단력을 흐리게 합니다.
나를 알고 너를 알고 우리를 아는 정신,
모두가 하나가 되는 맑고 곧은 정신,
그것은 바로 선비정신입니다.
우리 사회가 비전을 갖기 위해선
선비정신으로 돌아가야 합니다.

♣*

옳음 앞엔 겸손하고 그릇됨 앞엔 당당히 맞서는 우리 고유의 선비정신.
지조와 절개를 버리고서라도 자신의 욕망을 위해 사는 사람이 되지 않기 위
해서는 선비정신을 가져야 합니다. 한국의 정신은 선비 정신입니다.

깨어 있는 사람

닫혀 있는 사람은
자신만 아는 사람입니다.
상대방이 어떤 상황에 있더라도
자신만 편하면 그만이라고 생각합니다.
자신과 상관 없는 일엔
무덤덤할 뿐입니다.
그러나 깨어 있는 사람은
상대를 먼저 아는 사람입니다.
배려하는 일에도 자연스럽고
상대방의 고충도 잘 이해하며
자신이 조금 손해를 보는 한이 있더라도
무리수를 두어 상대방을
난처하게 하지도 않습니다.
닫혀 있는 사람은

교만하고 우쭐거립니다.

깨어 있는 사람은 겸손하고 신중합니다.

깨어 있는 사람,

그런 사람이 행복한 사람입니다.

♣*

깨어 있는 사람의 눈을 보면 맑고 초롱초롱합니다. 밤하늘의 별보다도 아름답고, 호수에 반짝이는 햇살보다도 곱습니다. 시시각각 변하는 현실에서 뒤떨어지지 않으려면 배우고 익히는 일에 게을러서는 안 됩니다. 배움과 익힘은 깨달음의 힘입니다.

순수한 열정

순수한 열정을 가진 사람의 눈을 보면
아기의 눈처럼 맑고 초롱초롱합니다.
그 눈을 보고 있으면
마음 저 깊은 곳으로부터
맑은 마음이 샘솟듯 솟아납니다.
순수한 열정은
따뜻한 마음의 에너지입니다.
따뜻한 에너지가 넘치는 사람은
순수한 열정으로 가득 차 있습니다.
그래서 순수한 사람은
상대방을 감동시키는 힘을 가지고 있습니다.
순수한 열정을 마음 가득 품으십시오.
순수한 열정이 마음속에 있는 한
그 사람은 절대로 좌절하거나

소모적인 삶으로 슬퍼하지 않습니다.
순수한 열정은 생동감을 넘치게 하고
생활을 게을리 하지 않습니다.
순수한 열정으로 최선의 하루를 보내십시오.
그래야 행복해집니다.

*

순수한 열정이 마음속에 있는 한 그 사람은 절대로 좌절하거나 소모적인
삶으로 슬퍼하지 않습니다. 순수한 열정은 순정한 마음이므로 자신을 아끼
고 사랑하는 마음입니다. 푸른 행복을 원한다면 순수한 열정을 아낌없이 당
신에게 바치십시오.

자유인

참된 자유인은 물질 앞에 의연하고
주눅 들지 않으며 높은 자리를 탐하거나
연연해하지 않고
그 어떤 외적인 조건 앞에서도
흔들림 없이 꿋꿋이
자신의 일을 소신껏
해내는 사람입니다.
절망이 바람처럼 밀어닥쳐도 꿈쩍도 안 하고
시련과 역경 앞에서는 오히려 강해지고
삶의 속도를 조율하며
여유롭게 즐깁니다.
고고하고 맑은 정신과
시냇물처럼 늘 푸른 열정을 품고 사는 사람이
자유인입니다.

우리 사회는 자유인을 필요로 합니다.
많은 자유인들로 넘쳐날 때
우리의 삶은 보다 더 자유롭고
활기차고 따뜻해지는 것입니다.

♣*

　인간의 참된 자유를 가로막는 것은 물질에 대한 끝없는 욕망입니다. 물질의 욕망이 인간의 마음을 어둡게 하고, 인간의 본성을 속박하니까요. 진정한 자유인이 되길 원한다면 물질의 욕망으로부터 벗어나십시오. 무소유의 마음이 진정한 자유이지요.

강물은 거꾸로 흐르지 않는다

강물은 거꾸로 흐르는 법이 없습니다.

강물이 거꾸로 흐르는 것은

사람들이 인위적으로

물길을 막아 놓았을 때입니다.

강물은 늘 일정한 방향으로 흐릅니다.

강물이 강물인 까닭은

순리를 거슬리지 않고 질서를 지키는 데 있습니다.

강물이 거꾸로 흐르는 일이 생긴다면

그것은 지구의 종말을 뜻합니다.

강물의 흐름의 이치가 이러한데도

사람들은 자신의 뜻을 위해서라면

순리를 거역해서라도 자기를 이롭게 하려고 합니다.

순리를 거역하는 것은 불행한 일인데도

아랑곳 하지 않고

눈에 보이는 것만 향해 달려갑니다.

자신이 불행하다고 느낄 땐

순리를 거부하고 질서를 무너뜨렸기 때문입니다.

거듭거듭 반성해야 합니다.

나아가 강물의 질서를 배워야 합니다.

자연에 순응하는 그 의연함이

강물을 아름답게 만드는 것처럼

이치에 조화롭게 순응함으로써

아름다운 인생이 되어야 합니다.

♣*

강물이 사람의 마음을 포근히 감싸주는 것은 순리를 거스르지 않는 자연스러움에 있답니다. 순리를 거스르지 않는 것은 힘들고 어려운 일이지만, 순리를 따라 사는 것이 인간에게 주어진 숙명이니까요. 숙명을 어기지 않는 것, 이것이 인간이 해야 할 저마다의 과제이지요.

감동이 있는 삶

감동이 없는 시대일수록
삶은 거칠고 황량하고 메마릅니다.
마치 물기 하나 없는
사막을 걸어갈 때처럼 막막하고
몸과 마음에 생기가 없습니다.
사랑은 가물어 시들하고
인정은 유성처럼 사라지고 맙니다.
우리의 삶에서 감동이 사라지게 되면
사람의 눈엔 총기가 흐려지고
입가엔 미소가 사라지고
가슴은 얼음처럼 차고
커피포트처럼 들끓던 정열도 이내
바람과 함께 사라지고 맙니다.
감동은 사람이

살아 있음을 느끼게 하는 힘이며
사람과 사람 사이를 따스하게 이어주는
교감의 원천입니다.
감동이 사라진다고 생각해 보십시오.
감동이 사라지는 순간 우리 모두는 불행한
삶을 살게 될 것입니다.
감동하며 살아야 합니다.
감동은 삶을 부드럽게 이어주는
사랑과 행복의 윤활유입니다.

♣*

　감동이 있는 삶을 살아야 합니다. 감동이 사라지는 순간 삶은 메마른 광야로 변하지요. 메마른 광야에서는 꽃도 풀도 나무도 살아가기 힘듭니다. 인간의 삶도 이와 같습니다. 메마른 세상에선 사랑도 행복도 갈증을 일으키지요.

때때로 자신을 점검하라

사람은 때때로 현재의 삶을 점검하고
되짚어 보는 지혜가 필요합니다.
그래야 매너리즘에 빠지지 않습니다.
매너리즘에 빠지면 변화하는 삶에
잘 적응하지 못합니다.
변화하지 못하는 삶은 더 나은 내일을
기대할 수 없는 소멸의 삶과 같습니다.
그래서 만족이라는 기쁨의 망루에
오를 수 없습니다.
자신이 인생의 승리자가 되어
기쁨을 노래하고
만족이라는 망루에 오르기 위해서는
변화하는 삶을 이끄는 능력자가 되어야 합니다.
삶은 끊임없는 변화 속에서

생기를 얻는 것이므로

늘 자신의 내면을 단련시키고

점검하고 보살피는 열정을 가져야 합니다.

새로운 변화를 준비하고 실천하는 사람이

밝은 내일을 주도하는 승리자가 될 것입니다.

♣*

자동차는 수시로 점검을 해야 합니다. 엔진 오일은 충분한지, 브레이크는 이상이 없는지. 그래야 사고를 예방 할 수 있습니다. 우리의 삶도 마찬가지 지요. 자신이 지금 잘하고 있는지를 수시로 살펴야 실수가 없고, 어려움을 무난히 잘 헤쳐나갈 수 있답니다.

바람과 나뭇잎

잎이 엉성한 나무는
바람이 불 때 요란한 소리를 냅니다.
그러나 잎이 무성한 나무는
마치 호수의 물결처럼 잔잔합니다.
잎이 없으면 잎끼리 부딪치는 공간이 넓어
요란한 소리를 내지만
잎이 무성하면 잎과 잎 사이의 간격이 좁아
그만큼 소리의 파장이
짧기 때문에 조용한 것입니다.
사람 또한 덕이 부족하면
경망스럽고 줏대가 없어 그 주변이 시끄러우나
덕이 있는 사람은
잎이 무성한 나무처럼 중심이 반듯하고
속이 꽉 차 늘 한결같은 모습을 보입니다.

그래서 웬만한 일엔 경동망동하지 않으며
푸른 소나무처럼 중심이 튼튼합니다.
덕을 쌓는 일에 열중해야 합니다.
덕을 쌓는 것은 매우 소중한 일입니다.
덕은 사람다운 삶을 살게 하는 근본입니다.
덕이란 사람의 숲에서 사람답게 살아가는
절대적인 품성이며
반드시 지녀야 할 귀중한 인생의 덕목입니다.

♣*

빈 수레가 요란하다, 는 말이 있습니다. 그렇습니다. 비었기 때문에 소리가 더 날 수밖에 없지요. 사람도 어설프면 소리가 더 나게 마련이지요. 자신의 약점을 감추기 위해서지요. 하지만 속이 꽉 찬 사람은 소란스럽지 않습니다. 언제나 흔들림 없는 나무처럼 우뚝하지요.

풀의 위력

풀,
들과 산에 지천으로 널려 있는 풀.
아파트 잔디밭이나 화단, 흙이 있는 곳이라면
뿌리를 내리고 질긴 생명력을 보여주는
연약하지만 진실로 강한 풀.
풀은 순리에 따라
자신의 몸을 굽힐 줄 아는 지혜를 가졌습니다.
풀은 바람의 방향에 따라 몸을 움직입니다.
그래서 강풍이 휘몰아쳐도
휘청거리고 흔들거릴 뿐
결코 꺾이거나 부러지는 법이 없습니다.
그러나 아름드리 나무나
중심에 철근이 박힌 전봇대를 보십시오.
휘어지거나 굽힐 줄 모르기 때문에

부러지고 깨지고 쓰러지는 것입니다.

휘어지는 것은 부러지는 것이 아닙니다.

흔들리는 것은 쓰러지는 것이 아닙니다.

오히려 힘의 강약을 자유롭게 조절하여

위기에서도 당당하게 일어서는 것입니다.

사람들 또한 풀의 지혜를 좇는다면

성공적이고 즐거운 삶을 살게 될 것입니다.

♣*

부드러워서 오히려 강한 풀. 부드러움은 겉으로 약한 것 같아도 안은 단단하지요. 외유내강의 전형이라 할 수 있는 풀. 하지만 아름드리 나무는 보기와는 다르게 비바람에 약하지요. 풀 같은 사람, 그가 진정 강한 자입니다.

링컨의 소원

"나는 하나의 절실한 소원을 가지고 있다.
그것은 내가 이 세상에 태어났기 때문에
조금이라도 세상이 좋게 되어 간다는 것을
보고 싶다는 것이다."
미국의 16대 대통령 아브라함 링컨의 말입니다.
자신이 태어난 이유를 이처럼 근사하게
말할 수 있고 실천할 수 있다는 것은
매우 감동적입니다.
동서양을 막론하고
성공적인 삶을 살다 떠난 사람들이나
현재 살고 있는 사람들의 공통점은
국가와 인류를 위해 봉사하는 삶을 살았거나
살고 있다는 것입니다.
링컨은 자신의 말대로 국민을 위해

대통령으로서 최선의 삶을 살았습니다.

그는 아무도 해내지 못한 노예를 해방시켰고

민주주의를 정착시키는 데 큰 공헌을 했습니다.

때문에 미국 국민들로부터

가장 존경받는 대통령이 되었습니다.

사람들이 그를 존경하고 잊지 못하는 것은

그가 조국과 국민을 위해 헌신했기 때문입니다.

자기 인생을 바쳐 남을 위해 산다는 것,

그것은 가장 위대하고 가치 있는 일입니다.

♣*

누구나 자신만의 진정한 소원이 있습니다. 그런데 대개는 자신만을 위한
소원이지요. 평생을 진리와 자유를 위해 살았던 링컨. 그의 삶이 인류를 감
동하게 하는 것은 모두를 위한 삶을 살았기 때문이지요.

삶의 법칙

우리가 희망을 포기하지 않는 한
희망 또한 우리를 포기하지 않습니다.
누구나 희망을 가질 수는 있지만
누구나 다 이룰 수는 없습니다.
희망을 이루기 위해서는
그만한 노력을 해야 합니다.
뒷짐 지고 기다리는 자에겐
아무것도 이루어지지 않습니다.
희망은 희망을 이루기 위해
애쓰고 노력하는 사람을 좋아합니다.
희망을 이루기 위해서는 그에 맞는
계획을 세우고 실천해야 합니다.
실천이 따르지 않는 희망은
어디에도 존재하지 않습니다.

희망을 마음속에만 품고 있지 마십시오.
마음으로부터 희망을 끄집어내어
한 발 한 발 힘차게 나아가기 바랍니다.
희망은 참 좋은 것입니다.
하지만 희망보다 더 좋은 것은
희망을 이루는 것입니다.

♣*

아무리 사면초가 같은 상황에서도 틈은 있는 법. 그 틈을 발견하는 것이 삶의 지혜이지요. 그런데 어떤 이들은 틈을 찾을 생각 대신 포기하는 것을 먼저 생각하지요. 삶은 스스로 포기하지 않는 한 그 사람을 포기하지 않습니다.

순수의 지혜

산다는 것은 치열한 전쟁과 같습니다.
이는 삶 자체가 그만큼 어렵다는 것이지요.
다변화된 현대사회에서의 삶은
처절할 만큼 고통스럽습니다.
이럴 때일수록
고통을 이겨내는 지혜가 필요합니다.
쓰라린 고통을 이겨내기 위해서는
메말라가는 감성을 되살리고
생각을 풍요롭게 가꾸고
순수한 인간성을 가져야 합니다.
순수한 인간성을 지니지 못하면
메마른 인간으로 살아갈 수밖에 없습니다.
자신이 메마른 인간으로 살아간다고 생각해보십시오.
생각만으로도 끔찍하지 않는지요.

날로 치열해지는 삶의 현장에서
우리가 잘 살 수 있는 길은
따뜻한 마음으로
상대방을 이해하고 받아들이는 것입니다.

♣*

약은 자가 먼저 함정에 빠지는 법이지요. 그러나 순수한 지혜를 가진 사
람은 함정에 빠지는 법이 없답니다. 순수한 지혜는 언제나 진리를 향하게
하는 나침반과 같기 때문이지요. 순수한 지혜를 당신의 가슴에 품으십시오.

실패의 가치

사람은 살아가는 동안

크고 작은 일에 부딪치며

인생을 만들어 갑니다.

성공과 실패,

이 두 가지는 살아가는 동안 누구나 겪게 됩니다.

성공은 누구나 꿈꾸고 원하는 일이지요.

이것은 사람을 들뜨게 하고 활짝 웃게 만듭니다.

그러나 실패에 대해서는 부정적인 시각을 갖습니다.

실패는 가슴을 쓰리게 하고 울게 만들기 때문이지요.

하지만 인생이 모두다 성공만 있다면

그 성공에 대한 고마움을 모르게 될 것입니다.

실패는 단순히 그 일에 대한 실패만이 아니라

인간들에게 겸손을 일깨우는 좋은 기회가 되기도 하지요.

실패는 성공에서 얻는 교훈

그 이상의 가치를 갖고 있습니다.

실패를 절대로 두려워하지 마십시오.

실패는 누구나 겪게 되는 삶의 일부분일 뿐입니다.

그 실패를 이겨낸 자만이

인생의 참모습을 알게 될 것입니다.

♣*

실패의 가치는 그 원인을 찾아 두 번 다시 반복하지 않는 것입니다. 또 새로운 방법을 찾는 데에 있습니다. 실패는 성공의 어머니란 말이 그것을 잘 말해주고 있습니다. 실패를 절대 두려워 마십시오. 실패의 가치를 존중하십시오.

보이지 않는 것의 경건함

보이지 않는 것은 보이는 것보다
늘 신비롭고 경건합니다.
그래서 사랑과 우정, 행복과 소망은
사람들 눈에 형체를 드러내지 않지만
누구나 소중하게 생각하지요.
하지만 물질, 지위, 권세, 탐욕은
눈에 보이기 때문에
사람들을 현혹시키는 것입니다.
사람들은 자신의 욕망을 채우기 위해
눈에 보이는 대로
닮아가려고 헛된 마음을 품기도 하고
온당하지 않은 방법을 동원하기도 합니다.
그러나 보이는 것만 쫓아가려 몸부림친다면
보이지 않는 소중한 것들을

모두 잃고 말 것입니다.

보이지 않는 경건함에 귀를 기울이고

항상 마음의 문을 열어 받아들여야 합니다.

그렇게 될 때 스스로에게

보다 더 진실해질 수 있을 것입니다.

보이지 않는 것들이 우리의 삶을 기름지게 하듯

보이는 것만 쫓아가기 위해 헛된 마음을 품지 말고

진실한 꿈을 위해

노력을 다해야 합니다.

♣*

진실로 소중한 것은 눈에 보이지 않습니다. 우정, 꿈, 사랑 등 참으로 귀중한 것은 마음의 눈으로만 볼 수 있는 것입니다. 하지만 물질, 지위, 권세, 탐욕은 눈에 보이기 때문에 사람들을 현혹시키는 것입니다. 눈에 보이지 않는 것, 그 소중함을 잊어서는 안 됩니다.

기다릴 줄 아는 마음

현대인들에게서 흔히 볼 수 있는 맹점은
조급함과 서두름입니다.
이는 씨를 뿌리고 나서 바로
싹이 나고 잎이 나고
꽃이 피길 기대하는 것과 같습니다.
이런 심리는 심지心志가 깊지 못해
참고 기다릴 줄 모르는 데서 오는 현상입니다.
심지를 굳게 하고 탄탄하게 해야 합니다.
그래야 인내심을 기를 수 있고,
여유 있는 마음을 품고 살게 되는 것입니다.
인생을 여유롭고 보람 있게 살고 싶다면
조급증을 버리십시오.
이 세상에 존재하는 모든 것들은
저마다의 순리에 따라 존재합니다.

그런데 순리를 거역하고 자연의 이치를 벗어나는 순간
정상적인 궤도를 이탈하는 불상사를 맞게 될 수 있습니다.
만족한 삶과 아름다운 인생을 위해서는
순리에 따라 행동하고
순리에 따르는 원칙을 정하십시오.

♣*

차분히 기다릴 줄 아는 마음을 가져야 합니다. 마음이 급한 사람들이 참 많습니다. 마음이 급하다고 해서 일이 잘 되는 것도 아닌데 도무지 기다릴 줄을 모릅니다. 차분히 기다리는 지혜가 필요합니다.

탐구하는 사람이 되라

하루가 다르게 변하는 게
현대사회입니다.
예전엔 10년이면 강산이 변한다고 했지만
지금은 하루가 다르게 변화합니다.
자고나면 어제의 것은 더 이상
새로운 것이 아닙니다.
그것은 낡고 뒤떨어진 것에 불과하지요.
하루가 다르게 변화하는 현대사회에서
뒤처지지 않는 사람이 되기 위해서는
자신도 그만큼 빠르게 변해야 합니다.
변하지 못하면 뒤처지고 말지요.
뒤처진다는 것은 자신이
마이너스 인생이라는 것을 의미합니다.
마이너스 인생이 되지 않으려면

게으름을 멀리하고 부지런해야 합니다.

게으름과 무지는

새로운 삶을 살아가는 데 있어 최대의 적이지요.

부지런히 탐구하는 일에 힘써야 합니다.

현대사회는 탐구하는 사람을 원합니다.

탐구하는 일이 성공의 반열에 오르는 일입니다.

♣*

공부는 평생을 하는 것입니다. 인생은 탐구를 통해 더욱 풍요로워지니까요. 책을 읽고, 신문을 보고, 뉴스를 보고, 강의를 듣는 등 이 모두는 공부의 한 방편입니다. 탐구하는 실천이 당신의 인생을 가치 있게 한답니다.

현명한 사람은 멀리 내다보며
꾸준히 자기 성찰을 하지만
아둔한 사람은 눈에 보이는 것만 쫓다
한 세월을 보냅니다.

Part 05
마음의 비타민

마음의 비타민 · 1

세상이 고달프다고 느끼는 것은
지금보다 더
많은 것을 가지려고 발버둥치는
욕심을 버리지 못하기 때문입니다.
탐욕에 사로잡힌
인간의 속성을 버리고
참된 삶의 평안을 얻으려면
마음을 비우는 일에 익숙해져야 합니다.
인간의 삶을 괴롭히는 대개의 불행은
무엇이든 끝없이
취하려고만 하기 때문입니다.

가지려고 취하기만 한다면 삶의 소중한 가치를 잃게 되지요. 소유함으로써 행복할 수 있지만 놓아둠으로써 더욱 큰 가치를 얻게 된답니다.

마음의 비타민 · 2

인간이 자신에 대해 오해하는 것이 있다면

자신이 세상에서

제일 잘난 존재라고 생각하는 것입니다.

우주선을 쏘아 올리고 최첨단 과학의 발달로

하루가 다르게 세상이 변하고 있습니다.

그러나 이러한 과학의 발달은 우주의 원리를

응용한 것에 불과할 뿐입니다.

살아 있는 개미 한 마리

들에 핀 들꽃 하나

만들지 못하는 존재가 우리 인간입니다.

창조주에 비해 한없이 나약한 존재일 뿐입니다.

더 나은 미래를 살아가기 위해서는

교만을 버려야 합니다.

♣*

　교만한 자의 눈은 하늘을 향하되 탐욕으로 가득 차 있지만, 겸허한 자의 눈은 아래를 향해 순수한 빛을 띠고 있지요. 교만은 자신을 구렁텅이에 몰아넣지만, 겸허한 마음은 자신을 높여주지요.

마음의 비타민 · 3

사람이 살아가는 데 있어 지켜야 할
기본적인 본분은
절대로 경거망동하지 말며,
어떤 일을 결정하기 전에
한번 더 생각해 보아야 합니다.
또, 자기 이익을 위해 남을 헤치지 말며,
자신만이 최고라는
자만에 빠지지 말아야 합니다.
그리고 온유한 마음을 닦으며
남을 비난하지 말며
쓸데없이 상대방과 경쟁하지 말며
나보다 나은 상대를 높여주고
서로 돕는 일에 주저하지 않아야 합니다.

♣*

불필요한 경쟁을 삼가고 진정한 자아를 찾아야 합니다. 경쟁에 치우치다 보면 상대방을 비난하게 되고, 옳고 그름을 판단하는 데 있어 우를 범하게 되지요. 경쟁을 안 할 수는 없지만 쓸데없는 경쟁은 피해야 합니다.

마음의 비타민 · 4

현명한 사람은 멀리 내다보며
꾸준한 자기 성찰을 하지만
아둔한 사람은
당장 눈에 보이는 것만 쫓다
한 세월을 다 보냅니다.

♣*

멀리 보는 자의 눈은 사자의 기개를 닮았고, 가까이만 맴도는 눈은 하이에나의 교활함을 닮았지요. 멀리 보고 깊이 생각하고 진지하게 추구하십시오. 보이는 것만이 다가 아니라는 것을 알 때 성숙한 자아가 완성되니까요.

마음의 비타민 · 5

때맞춰 피는 꽃은
자연을 아름답게 가꾸어줍니다.
자신이 가야 할 길을 분명히 알고 가는
사람의 뒷모습은
때맞춰 피는 꽃처럼 아름답습니다.
그에게는 확고한 의지와
자신만의 삶을 지향하는
기개가 살아 있기 때문입니다.

♣*

자신만의 길을 가야합니다. 누가 어떠어떠했다는 말에 너무 귀를 기울일
필요는 없습니다. 진정 자신이 원하는 길을 가십시오. 자신이 원하는 길은
힘들어도 보람이 있고 행복하니까요.

마음의 비타민 · 6

최선을 다하는 사람 눈은
언제나 희망이 반짝이며
푸른빛을 냅니다.
희망은 최선을 다하는 사람 곁에서
기쁨을 주기 위해
항상 대기하고 있습니다.
희망은 노력하는 자에게
활짝 문을 열어주는
기쁨의 문지기입니다.

모두를 다 잃어도 희망을 잃지 않으면 됩니다. 희망이 있는 한 괴롭고 고통스런 삶도 다 이겨낼 수 있으니까요. 희망은 푸른 날개를 달고 자신의 꿈을 향해 날아가게 하는 맘씨 좋은 친구이지요.

245

마음의 비타민 · 7

자신에게 진실한 사람은
남에게도 진실합니다.
그러나 자신에게 불성실한 사람은
남에게도 불성실합니다.
이는 자신에게 불성실한데
남에게 신경써 줄
여력이 없기 때문이지요.

♣*

자신에게 진실한 사람은 모두에게 진실하지만, 자신에게 불성실한 사람
은 모두에게 불성실하지요. 세상은 자신에게 진실한 사람을 원합니다. 그
어떤 시련 앞에서도 진실을 버리지 마십시오.

마음의 비타민 · 8

인간은
유한한 존재임에는
틀림없지만
무한한 능력을 가지고 있는
창조적인 동물입니다.
그러므로
창조성을 잃어버리는 것은
인간의 본성을 잃는 거와 같음을
잊어서는 안 될 것입니다.

♣*

무한한 상상력은 인간만이 지닌 하나님이 인간에게 주신 고유의 선물입니다. 상상력을 잃는 것은 창조적인 능력을 잃는 거와 같지요. 그러므로 자신을 계발하는 일에 게을러서는 안 된답니다.

마음의 비타민 · 9

인간은
자연을 정복할 수 있다고 믿지만
결국 정복당하는 쪽은
언제나 인간입니다.
자연은 절대로 정복할 수 없습니다.
자연이 우리 인간에게 정복당하는 순간
인간은 영원히 자취를 감추게 될 것입니다.
자연을 정복하려는 생각은
인간의 무지와 오만일 뿐입니다.
그 오만에서 하루 빨리 벗어나야 합니다.
그렇게 될 때 자연은 우리에게
너그러운 은총을
지속적으로 베풀 것입니다.

♣*

　자연을 사랑하는 자연주의자가 되어야 합니다. 자연이 죽으면 모두가 죽습니다. 우리는 자연의 일부라는 사실을 잊어서는 안 됩니다. 자연의 주인은 자연이니까요.

마음의 비타민 · 10

남에게 의존하여 얻는 행복은
연약한 뿌리를 가진 나무와 같습니다.
지금은 잘 버티고 있을지라도
의존적 대상이 사라지면
그 행복은 이내 깨지고 맙니다.
자신의 행복은
스스로가 만들어야 하고
그런 행복이 더 달콤하고
오래 가는 것입니다.

🍀*

의존적인 행복은 의존적인 대상이 사라지면 무의미한 삶으로 전락하고 말지요. 오래 가는 행복은 스스로의 노력으로 취해야 합니다. 그런 행복은 뿌리가 튼튼한 나무와 같아 오래오래 간답니다.

마음의 비타민 · 11

손가락으로 뚫은
구멍으로 세상을 보면
꼭
그 크기만큼의 모습만 볼 수 있습니다.
그러나 창문을 활짝 열고 세상을 보면
그 크기만큼의 넓은 세상을 보게 됩니다.
지금보다
더 크고 넓은 세상을 보길 원한다면
마음의 문을 넓히고
매사를 크고 깊게 바라보아야 합니다.

♣*

자신이 생각하는 만큼, 자신이 바라보는 눈높이만큼 세상을 바라볼 수 있습니다. 크고 멀리, 높고 깊이 바라보려면 넉넉한 마인드를 품어야 합니다. 그렇지 않고서는 자신이 원하는 세상을 바라볼 수 없답니다.

마음의 비타민 · 12

지혜란 늘
자신의 삶 주변에 그림자처럼 존재합니다.
지식 또한 책 속에 들어 있고
그 책을 통해 새로운 지식을
만들어 가는 것입니다.
생산적인 삶은 늘
자연과 인간의 관계 속에서
이어지고 창조되어지는 것입니다.

♣*

지혜로운 자의 얼굴은 햇빛처럼 맑고, 푸른 강물처럼 넉넉하지요. 지혜는 깊은 삶의 성찰에서 오는 것이므로, 읽고 쓰고 사색하는 일에 게을러서는 안 됩니다. 성찰은 지혜의 근본이니까요.

어두운 밤길은
맘 놓고 걸어갈 수 없습니다.
돌부리에 채여 넘어질 수도 있고
길에 패인 움푹한 곳에 발을 헛디뎌
곤경에 처할 수도 있습니다.
어두운 밤길을 걸어갈 땐
수시로 앞과 뒤, 좌우를 살피면서
걸어가야 뒷탈이 없지요.
인생길 역시 어두운 밤길과 같습니다.
자신의 현재의 삶이
어떠한지를 늘 점검해야 합니다.
그래야 어떤 인생을 살더라도
후회가 적은 법입니다.

♣*

캄캄한 밤길을 갈 땐 여간 조심스러운 것이 아닙니다. 위험에 빠질 수 있기 때문이지요. 이와 마찬가지로 인생은 때론 캄캄한 밤길과 같습니다. 인생의 함정에 빠지지 않도록 늘 깨어있어야 합니다. 깨어 있는 자는 함정을 피해갈 수 있답니다.

마음의 비타민 · 14

사랑의 샘물은
오묘하도록 신기합니다.
사랑은 자기가 퍼주는 만큼
자신에게 되돌아오지요.
큰 사랑을 원한다면
맘껏 자신의 사랑을 퍼주십시오.
아무리 퍼주고 퍼주어도 오히려 넘쳐나
마르는 법이 없습니다.
사랑은 신기한 샘물입니다.

♣*

사랑은 주는 만큼 되돌아옵니다. 어떨 땐 더 커져서되돌아 오기도 하지요.

사랑은 신기한 샘물과 같아 퍼주고 퍼주어도 계속 솟아나기 때문입니다. 사

랑하십시오. 가는 삶이 아쉬워 애통해 하는 일이 없도록 사랑하십시오.

마음의 비타민 · 15

참다운 성공이란 자기 자신에게
부끄러움 없이 사는 것입니다.
많은 부를 축적하거나
높은 자리에 올랐더라도
자신에게 부끄러움을 갖는다면
그것은 성공이 아니라
성공의 그림자일 뿐입니다.
그러나 가난하고 보잘 것 없는
지위에 있더라도
자신에게 부끄럽지 않다면 그것이야말로
성공적인 삶인 것입니다.
참다운 성공은
스스로가 만족하는 삶입니다.

♣*

성공은 크게 물질적인 성공과 지위와 명예적인 성공으로 나눌 수 있습니다. 그런데 대개 성공의 개념을 물질적인 것에 국한시키지요. 이는 진정한 성공의 개념을 이해하지 못하기 때문입니다. 진정한 성공이란 자기가 자신을 만족하는 것입니다.

마음의 비타민 ·16

욕망이 넘치다 보면
진주 같은 삶을 곁에 두고도
놓쳐버릴 수가 있습니다.
욕망이 지나치면
그 욕망을 이루려는 생각으로
다른 것을 바라 볼 틈이 없게 됩니다.
필요 이상의 욕망은
사람의 이성을 마비시킵니다.
욕망은 어떻게 하느냐에 따라
독이 될 수도 있고,
뜨거운 에너지가 될 수도 있습니다.

♣*

　자기 분수에 맞는 욕망은 삶을 풍요롭게 하지요. 그러나 자기 분수를 뛰어넘는 욕망은 자신을 무너뜨릴 수도 있답니다. 그러므로 지나친 욕망을 주의해야 합니다. 자칫 모든 것을 잃을 수도 있으니까요.

마음의 비타민 · 17

성자와 평범한 사람의 기준은
자신을 넘어서는
사람이 되느냐 그렇지 못하느냐에
달려 있습니다.
자기를 넘어선다는 것은
지극히 고행이 따르는 일입니다.
성자가 모든 인류에게
존경의 대상이 되는 것은
자신을 극복하는 초월적인 삶을
살았기 때문입니다.

♣*

　자신을 넘어서는 자와 넘어서지 못하는 자의 차이는 인내와 이성의 결핍 여부입니다. 인내와 이성이 결핍된 자는 자신을 넘어서지 못하지만, 인내와 이성을 갖춘 자는 자신을 넘어서지요. 자기를 넘어설 때 자신이 원하는 것을 이룰 수 있답니다.

마음의 비타민 · 18

칭찬에 인색한 사람은
마음에 여유가 없는 사람입니다.
칭찬은 너그럽고
여유로운 마음에서 나옵니다.
칭찬도 습관입니다.
습관적으로 칭찬을 하다보면
자연스럽게 칭찬을 하게 됩니다.
칭찬을 일상화 해 보십시오.
매사에 기분이 좋아질 것입니다.
칭찬을 해 본 사람만이 그 기분을 압니다.
망설이지 말고 칭찬을 하십시오.
사람은 누구든지
칭찬 받을 만한 일이 있습니다.
칭찬은 사람을 행복하게 합니다.

넉넉한 마음으로 칭찬하십시오.

칭찬하는 사람이 행복한 사람입니다.

♣*

칭찬에 인색한 사람은 진정한 삶의 기쁨을 모릅니다. 칭찬에 익숙한 사람이 삶의 기쁨을 더 크게 느끼지요. 왜냐하면 칭찬하다보면 상대방은 물론 자신 또한 기분이 좋아지기 때문이지요. 칭찬은 훌륭한 성공의 지혜입니다.

마음의 비타민 · 19

좋은 습관은
성공의 자양분입니다.
성공적인 삶을 살다 간 사람들이나
평가받고 있는 사람들의
공통점이 있다면
자신의 인생을 밝게 이끌어 주는
좋은 습관을 갖고 있다는 것입니다.
좋은 습관은
성공의 나침반이며 삶의 비전입니다.

♣*

습관의 힘은 성공과 실패를 좌우할 만큼 강합니다. 그래서 좋은 습관은 성공으로 이끌고, 나쁜 습관은 실패로 이끌지요. 좋은 습관을 갖는 것은 쉽지 않지만, 자신의 미래를 위해서는 반드시 길러야 합니다. 좋은 습관은 성공의 근본이니까요.

마음의 비타민 · 20

심지가 곧은 사람은
반석 위에 지은 집과 같습니다.
그러나 심지가 유약한 사람은
아무리 뛰어난 재주를 지녔어도
모래 위에 지은 누각과 같습니다.

♣*

　중심이 반듯한 사람은 심지가 깊어 이치에서 벗어남이 없지요. 하지만 중심이 허약한 사람은 심지가 얕아 이치에서 벗어나곤 하지요. 이렇듯 중심이 반듯한 마인드는 자신의 삶을 견고하게 지탱해주지요. 중심이 반듯한 마인드를 길러야 하겠습니다.

자신에겐 엄정하고

타인에게 관대해야 합니다.

자신의 최대의 적은 곧 자신입니다.